가려 뽑은 난중일기

우리가 정말 알아야 할 우리 고전 기획 위원

고운기 | 한양대학교 문화콘텐츠학과 교수
김현양 | 명지대학교 방목기초교육대학 교수
정환국 | 동국대학교 국어국문학과 교수
조현설 | 서울대학교 국어국문학과 교수

우리가 정말 알아야 할 우리 고전

가려 뽑은 **난중일기**

초판 1쇄 발행 | 2012년 12월 5일

원작 | 이순신
글 | 장경남
그림 | 손지훈
펴낸이 | 조미현

편집주간 | 김수한
책임편집 | 서현미
교정교열 | 이혜원
디자인 | 디자인 나비

출력 | 문형사
인쇄 | 영프린팅
제책 | 쌍용제책사

펴낸곳 | (주)현암사
등록 | 1951년 12월 24일 · 제10-126호
주소 | 121-839 서울시 마포구 서교동 481-12
전화 | 365-5051 · 팩스 | 313-2729
전자우편 | editor@hyeonamsa.com
홈페이지 | www.hyeonamsa.com

글 ⓒ 장경남 2012
그림 ⓒ 손지훈 2012
ISBN 978-89-323-1640-6 03810

* 이 도서의 국립중앙도서관 출판시도서목록(CIP)은
  e-CIP 홈페이지(http://www.nl.go.kr/ecip)에서 이용하실 수 있습니다.
  (CIP제어번호:2012005319)

우리가 정말 알아야 할 우리 고전

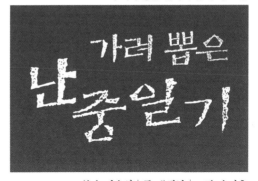

가려 뽑은 난중일기

원작 이순신 | 글 장경남 | 그림 손지훈

현암사

우리 고전 읽기의 즐거움

문학 작품은 사회와 삶과 가치관을 총체적으로 담고 있는 문화의 창고이
다. 때로는 이야기로, 때로는 노래로, 혹은 다른 형식으로 갖가지 삶의 모
습과 다양한 가치를 전해 주며, 읽는 이에게 기쁨과 위안을 주는 것이 문학
의 힘이다.

　고전 문학 작품은 우선 시기적으로 오래된 작품을 말한다. 그러므로 낡
은 이야기일 수 있다. 그러나 그 속에 담긴 가치와 의미는 결코 낡은 것이
아니다. 시대가 바뀌고 독자가 달라져도 고전이라는 이름으로 여전히 많은
사람에게 읽히는 작품 속에는 인간 삶의 본질을 꿰뚫는 근본적인 가치가
담겨 있다. 그것은 시대에 따라 퇴색되거나 민족이 다르다고 하여
외면될 수 있는 일시적이고 지역적인 것이 아니다. 시대와 민족의
벽을 넘어 사람이면 누구나 공감할 수 있는 보편적이고 세계적인
것이다. 그렇기 때문에 우리가 톨스토이나 셰익스피어 작품에서
감동을 받고, 심청전을 각색한 오페라가 미국 무대에서 갈채를 받
을 수도 있다.

　우리 고전은 당연히 우리 민족이 살아온 궤적을 담고 있다. 그 속
에 우리의 지난 역사가 있고 생활이 있고 문화와 가치관이 있다. 타
인에게 관대하고 자신에게 엄격한 공동체 의식, 선비 문화 속
에 녹아 있던 자연 친화 의지, 강자에게 비굴하지 않고

고난에 굴복하지 않는 당당하고 끈질긴 생명력, 고달픈 삶을 해학으로 풀어내며, 서러운 약자에게는 아름다운 결말을 만들어 주는 넉넉함……

　사람과 사람, 사람과 자연의 '어울림'을 중요하게 생각했던 우리의 가치관은 생활 속에 그대로 녹아서 문학 작품에 표현되었다. 우리 고전 문학 작품에는 역사가 기록하지 않은 서민의 일상이 사실적으로 전개되며 우리의 토속 문화와 생활, 언어, 습속이 구체적으로 드러난다. 작품 속 인물들이 사는 방식, 그들이 구사하는 말, 그들의 생활 도구와 의식주 모든 것이 우리의 피 속에 지금도 녹아 흐르고 있음이 분명하지만 우리 의식에서는 이미 잊힌 것들이다.

　그것은 분명 우리 것이되 우리에게 낯설다. 고전을 읽음으로써 우리는 일상에서 벗어나 그 낯선 세계를 체험하는 기쁨을 얻게 된다. 몰랐던 것을 새롭게 아는 것이 아니라 잊었던 것을 되찾는 신선함이다. 처음 가는 장소에서 언젠가 본 듯한 느낌을 받을 때의 그 어리둥절한 생소함, 바로 그 신선한 충동을 우리 고전 작품은 우리에게 안겨 준다. 거기에는 일상을 벗어났으되 나의 뿌리를 이탈하지 않았다는 안도감까지 함께 있다. 그것은 남의 나라 고전이 아닌 우리 고전에서만 받을 수 있는 선물이다.

　우리 고전을 읽어야 한다는 데는 이미 많은 사람이 공감한다. 고전 읽기를 통해서 내가 한국인임을 자각하고, 한국인이 어떻게 살아왔으며, 어떻게 살아가야 할지 알게 하는 문화의 힘을 느낄 수 있다.

하지만 고전은 지난 시대의 언어로 쓰인 까닭에 지금 우리가, 우리의 청소년이 읽으려면 지금의 언어로 고쳐 쓰는 작업이 반드시 선행되어야 한다. 우리가 쉽게 접하는 세계의 고전 작품도 그 나라 사람들이 시대마다 새롭게 고쳐 쓰는 작업을 거듭한 결과물이다. 우리는 그런 작업에서 많이 늦은 것이 사실이다. 이제라도 우리 고전을 새롭게 고쳐 쓰는 작업을 할 수 있는 것은 우리의 문화 역량이 여기에 이르렀다는 방증이다.

현재 우리가 겪는 수많은 갈등과 문제를 극복할 해결의 실마리를 고전 속에서 찾을 수 있다고 확신하면서 우리 고전을 지금의 언어로 고쳐 쓰는 작업을 시작한다. 이 작업은 여기에서 멈추지 않고 앞으로도 시대에 맞추어 꾸준히 계속될 것이다. 또 고전을 읽는 데서 끝나지 않을 것이다. 우리 고전은 우리의 독자적 상상력의 원천으로서, 요즘 시대의 화두가 된 '문화 콘텐츠'의 발판이 되어 새로운 형식, 새로운 작품으로 끝없이 재생산되리라고 믿는다.

'우리가 정말 알아야 할 우리 고전'을 기획하면서 우리는 다음과 같은 몇 가지 원칙을 세웠다.

먼저 작품 선정에서 한글·한문 작품을 가리지 않고, 초·중·고 교과서에 수록된 작품을 우선하되 새롭게 발굴한 것, 지금의 우리에게도 의미 있고 재

미있는 작품을 포함시키기로 하였다.

그와 함께 각 작품의 전공 학자들이 적극적으로 참여하여 판본 선정과 내용 고증에 최대한 정성을 쏟았다. 아울러 원전의 내용과 언어 감각을 훼손하지 않으면서도 글맛을 살리기 위해 여러 차례 윤문을 거쳤다.

마지막으로 시각 효과를 높이기 위해 내용에 맞는 그림을 곁들였다. 그림만으로도 전체 작품의 흐름을 알 수 있도록 화가와 필자가 협의하여 그림 내용을 구성했으며, 색다른 그림 구성을 위해 순수 화가와 사진작가를 영입하기도 하였다.

경험은 지혜로운 스승이다. 지난 시간 속에는 수많은 경험이 농축된 거대한 지혜의 바다가 출렁이고 있다. 고전은 그 바다에 떠 있는 배라고 할 수 있다.

자, 이제 고전이라는 배를 타고 시간 여행을 떠나 보자. 우리의 여행은 과거에서 출발하여 앞으로 미래로 쉼 없이 흘러갈 것이며, 더 넓은 세계에서 더 많은 사람을 만나며 끝없이 또 다른 영역을 개척해 갈 것이다.

우리가 정말 알아야 할 우리 고전
기획 위원

차례

일러두기

1. 이 책은 『난중일기』의 전체 모습을 잘 갖추고 있는 노승석의 교감본을 기본 자료로 하여 발췌 번역하였다.
2. 원본 『난중일기』는 연도별로 「임진일기」, 「계사일기」, 「갑오일기」, 「을미일기」, 「병신일기」, 「정유일기」, 「무술일기」로 나뉘어 있으나, 이 책에서는 총 5개의 주제로 나누고 다시 연도별로 소개하였다.
3. 해당 일기에서 주제에 맞는 내용을 가려 뽑았으며, 중복이 되는 내용은 좀더 가까운 주제에 넣어 재배치하였다.
4. 인명과 지명에는 한자를 병기했으며, 옛 지명에는 현재 지명까지 넣었다.

한산도의 밤 閑山島夜吟

한 바다에 가을빛 저물었는데 水國秋光暮
찬바람에 놀란 기러기 높이 떴구나 驚寒雁陣高
가슴에는 근심 가득 잠 못 드는 밤 憂心轉輾夜
새벽 달 창에 들어 활과 칼을 비추네 殘月照弓刀

1595년 10월 20일

1부
전쟁, 나라를 구하다

"가벼이 움직이지 마라. 침착하게 태산같이 무겁게 행동하라."

"한 번 승첩하였다 하여 소홀히 생각하지 말고 군사를 위무하고
배를 다시 정비해 두었다가 급보를 듣는 즉시로 출전하되,
처음과 끝을 한결같이 하도록 하라."

1장
임진왜란 발발, 왜적을 무찌르다

1592년 4월 15일 맑음

나라 제삿날(성종의 비 공혜 왕후 한씨의 제삿날)이라 공무를 보지 않았다. 순찰사에게 보내는 답장과 별록*을 써서 역졸을 시켜 전달케 했다. 해질 무렵에 영남 우수사 원균元均이 문서를 보냈는데, "왜선 90여 척이 와서 부산 앞 절영도絶影島(부산 영도구 영도)에 정박했다"고 하였다. 이와 동시에 경상 좌수사 박홍朴泓의 공문도 왔는데, "왜선 350여 척이 이미 부산포 건너편에 도착했다"고 하였다. 그래서 즉시 장계*를 올리고 순찰사, 병마사, 우수사에게도 공문을 보냈다. 영남 관찰사 김수金晬의 공문도 왔는데, 역시 같은 내용이었다.

별록別錄 따로 만든 기록
장계狀啓 왕명을 받고 지방에 나가 있는 신하가 중요한 일을 왕에게 보고하던 일. 또는 그런 문서

1592년 4월 16일

밤 10시쯤에 영남 우수사 원균으로부터 공문이 왔는데, "부산진이 이미 함락되었다"고 했다. 분하고 원통함을 이길 수가 없다. 즉시 장계를 올리고, 또 경상, 전라, 충청 삼도에 공문을 보냈다.

1592년 4월 17일 궂은비가 오다가 늦게 맑음

영남 우병사 김성일金誠一이 공문을 보냈는데, "왜적이 부산을 함락시킨 뒤에 그대로 머물면서 물러가지 않는다"고 했다. 저녁나절에 활 50순*을 쏘았다. 계속 번을 서는 수군과 새로 번을 드는 수군이 잇달아 방비처로 왔다.

1592년 4월 18일 아침에 흐림

이른 아침에 동헌*에 나가 공무를 봤다. 순찰사 이광李洸의 공문이 왔는데, "발포 권관鉢浦權管은 이미 파직되었으니, 대리로 임시 장수를 정하여 보내라"고 했다. 그래서 군관 나대용羅大用을 이날로 바로 정하여 보냈다. 낮 2시쯤에 영남 우수사의 공문이 왔는데, "동래도 함락되고, 양산과 울산의 두 수령도 조방장*으로서 성으로 들어갔다가 모두 패했다"고 했다. 분하고 원통함을 이루 다 말할 수가 없다. 경상 좌병사 이각李표과 경상 좌수사 박홍이 군사를 이끌고 동래 뒤쪽까지 이르렀다가 즉시 회군했다고 하니 더욱 원통했다. 저녁에 순천의 군사를 거느리고 온 병방이 석보창石堡倉(전남 여천시 봉계동 석창)에 머물러 있으면서도 군사들을 통솔하지 않으므로 잡아 가두었다.

1592년 4월 19일 맑음

아침에 품방°의 해자° 파는 일로 군관을 정해 보냈고, 일찍 아침밥을 먹은 뒤 동문 위로 나가 품방 파는 일을 직접 감독했다. 오후에 상격대 上隔臺를 순시했다. 이날 입대하러 온 군사 700명을 만나 보고 일을 하도록 했다.

1592년 4월 20일 맑음

동헌에 나가 공무를 봤다. 영남 관찰사 김수의 공문이 왔는데, "많은 적들이 휘몰아 쳐들어오니 이를 막아 낼 수가 없다. 또한 승리한 기세를 타고 마구 달리는 모습이 마치 무인지경에 들어온 것 같다"고 했다. 그리고 내게 전선°을 정비해 가지고 와서 지원해 달라는 일로 장계 올리기를 청한다고 하였다.

1592년 4월 21일 맑음

성 위에 군사를 줄지어 서도록 과녁터에 앉아서 명령을 내렸다. 오후에 순천 부사가 달려와서 약속을 듣고 갔다.

순巡 한 사람이 화살 5대씩 쏘는 것을 1순이라고 한다.
동헌東軒 지방 관아에서 고을 원(員)이나 감사(監司), 병사(兵使), 수사(水使) 및 그 밖의 수령(守令)들이 공사(公事)를 처리하던 중심 건물
조방장助防將 주장(主將)을 도와서 적의 침입을 방어하는 장수. 주로 관할 지역 내에 있는, 무재(武才)를 갖춘 수령이 이 임무를 맡는다.
품방品防 품(品) 자 모양으로 구덩이를 파서 적의 침입을 막도록 만든 곳
해자垓字 적을 방어하기 위해 성 주위를 둘러 판 못
전선戰船 전투에 쓰는 배

1592년 4월 22일 맑음

새벽에 정찰도 하고 부정 사실도 조사하기 위해 군관을 내보냈다. 배응록裹應祿은 절갑도折甲島(전남 고흥군 금산면 거금도)로 가고, 송일성宋日成은 금오도金鰲島(전남 여수시 남면)로 갔다. 또 이경복李景福, 송한련宋漢連, 김인문金仁問 등에게 두산도斗山島(전남 여수시 돌산도)의 적대목*을 실어 내리는 일로 각각 군사 50명씩을 데리고 가게 하고, 나머지 군사들은 품방에서 일을 시켰다.

1592년 5월 1일

수군이 일제히 앞바다에 모였다. 이날은 흐리되 비는 오지 않고 마파람만 세게 불었다. 진해루에 앉아서 방답 첨사防踏僉使, 흥양 현감興陽縣監, 녹도 만호鹿島萬戶 등을 불러들였다. 모두 격분하여 제 한 몸을 생각하지 않는 모습이 실로 의사義士들이라 할 만하다.

1592년 5월 2일 맑음

삼도 순변사 이일李鎰과 우수사 원균의 공문이 왔다. 송한련이 남해에서 돌아와 하는 말이, "남해 현령, 미조항 첨사 김승룡金勝龍, 상주포·곡포·평산포 만호 등이 왜적의 소식을 한 번 듣고는 달아나 버렸고, 무기 등 온갖 물자도 모두 흩어 없어져 남은 것이라곤 없다"고 한다. 놀랍고도 놀랄 일이다. 12시쯤 배를 타고 바다로 나가 진을 치고 여러 장수와 약속을 하니, 모두 기꺼이 나가 싸울 뜻을 가졌으나 낙안 군수만은 피하려는 생각인 것 같아 한탄이 절로 난다. 그러나 군법이 있으니 비록

물러나 피하려 한들 그게 될 일인가. 저녁에 방답防踏(전남 여수시 돌산면)의 첩입선* 3척이 돌아와 앞바다에 정박했다. 비변사에서 세 장의 공문이 내려왔고, 창평 현령이 부임했다는 공문을 바쳤다. 이날 저녁의 군호*는 용호龍虎라 하고, 복병은 산수山水라 했다.

1592년 5월 3일 가랑비가 아침 내내 내림

경상 우수사의 답장이 새벽에 왔다. 오후에 광양 현감과 흥양 현감을 불러 함께 이야기하는데 모두 분한 마음을 드러냈다. 본도 우수사가 수군을 이끌고 오기로 약속했는데, 방답의 판옥선*이 첩입군을 싣고 오는 것을 보고 우수사가 오는 줄 알고 기뻐했다. 그러나 군관을 보내어 알아보니 방답의 배라고 하여 어이가 없었다. 조금 뒤에 녹도 만호가 알현을 청하기에 불러들여 물으니, "우수사는 오지 않고 왜적은 점점 서울 가까이 다가가니 분한 마음을 이길 수 없다. 만약 기회를 놓친다면 후회해도 소용없다"고 한다. 이 때문에 중위장을 불러 내일 새벽에 떠날 것을 약속하고 장계를 써서 보냈다. 이날 여도 수군 황옥천黃玉千이 왜적의 소식을 듣고 집으로 달아나자, 그를 잡아 와 목을 베어 군중 앞

적대목敵臺木 성문 양옆에 외부로 돌출시켜 옹성과 성문을 적으로부터 지키는 네모꼴의 대(臺)에 쓰는 재목
첩입선疊入船 여러 진영을 돌며 순시하는 배. '첩입'이란 적이 침입해 오면 변방의 백성을 보호하기 위해 안전한 성이나 보로 대피시키는 일을 말한다.
군호軍號 도성이나 대궐의 안팎을 순시하는 순라군(巡邏軍) 사이의 연락을 위하여 쓰는 상호 연락 신호를 이르던 말이다.
판옥선板屋船 조선 시대에, 널빤지로 지붕을 덮은 전투선(戰鬪船). 명종 때에 개발한 것으로, 임진왜란 때에 크게 활약하였다.

에 높이 매달았다.

1592년 5월 4일 맑음

먼동이 틀 때 출항했다. 곧바로 미조항彌助項(경남 남해군 미조면 미조리) 앞 바다에 이르러 다시 약속했다. 우척후 김인영金仁英, 우부장 김득광金得 光, 중부장 어영담魚泳潭, 후부장 정운鄭運 등은 오른편에서 개이도介伊島 (전남 여천군 화정면 개도)로 들어가서 수색해 토벌하게 하고, 나머지 대장 선大將船들은 평산포, 곡포, 상주포를 아울러 지나서 미조항에 가도록 했다.

2장
주요 해전, 불패의 신화를 만들어 가다

사천포 해전

1592년 5월 29일

전라 우수사 이억기李億祺가 오지 않아서 홀로 여러 장수를 거느리고 새벽에 출항하여 곧장 노량露梁(경남 하동군 금남면 노량진)에 이르렀다. 경상 우수사 원균이 미리 만나기로 약속한 곳에 와 있어서 함께 의논했다. 왜적이 머물러 있는 곳을 물으니, "지금 사천泗川(경남 사천시 사천읍) 선창에 있다"고 한다. 곧 쫓아가니 왜놈들은 벌써 육지로 올라가서 산봉우리 위에 진을 치고 배는 그 산 아래에 줄지어 매어 놓았는데, 항전하는 태세가 매우 빠르고 견고했다. 여러 장수를 독려하여 일제히 달려들면서 화살을 비 퍼붓듯이 쏘고, 각종 총포를 바람과 우레같이 어지러이 쏘아 대니, 적들이 두려워하며 물러났다. 화살을 맞은 자가 몇백 명인지 헤아릴 수 없을 정도이고, 왜적의 머리도 많이 베었다. 군관 나대용이 탄환에 맞았고, 나도 왼쪽 어깨 위에 탄환을 맞아 등을 관통했으나 중상은 아니었다. 활꾼과 격군* 중에서도 탄환을 맞은 사람이 많았다. 적선 13척을 불태우고 물러 나왔다.

1592년 6월 1일 맑음
사량도蛇梁島(경남 통영시 사량면 양지리) 뒷바다에 진을 치고 밤을 지냈다.

당포 해전
1592년 6월 2일 맑음
아침에 떠나 곧장 당포唐浦(경남 통영시 산양읍 삼덕리) 앞 선창에 이르니, 적선 20여 척이 줄지어 머물러 있었다. 우리 배가 둘러싸고 싸우는데, 적선 중에 큰 배 1척은 우리나라 판옥선만 했다. 배 위에는 누각을 꾸몄는데 높이가 두 길*은 되어 보였고, 그 누각 위에는 왜장이 우뚝 앉아서 끄떡도 하지 않았다. 편전*과 크고 작은 승자총통*을 비 오듯 마구 쏘아 댔더니, 왜장이 화살에 맞아 떨어졌다. 모든 왜적이 한꺼번에 놀라 흩어졌다. 여러 장졸이 일제히 모여들어 쏘아 대니 화살에 맞아 거꾸러지는 자가 얼마인지 그 수를 헤아릴 수 없었다. 모조리 무찔러 하나도 남겨 두지 않았다. 얼마 후 큰 왜선 20여 척이 부산에서부터 바다에 줄

격군格軍 사공의 일을 돕던 보조 사공
길 길이의 단위를 나타내는 말. 사람의 키 정도 되는 길이를 나타냄.
편전片箭 작고 짧은 화살. 아기살이라고도 한다.
승자총통勝字銃筒 도화선에 점화하여 발사하는 유통식 개인 화기

지어 들어오다가 우리 군사들을 바라보고서는 도망쳐 개도介島(경남 통영시 산양읍 추도)로 들어갔다.

1592년 6월 3일 맑음

아침에 다시 여러 장수를 격려하여 개도를 협공했으나, 이미 달아나 버려 사방에 한 놈도 없었다. 고성 등지로 가 보니 우리 군사의 형세가 외롭고 약하여 울분을 느끼며 하룻밤 머물러 자고 왔다.

1592년 6월 4일 맑음

우수사 이억기가 오기를 고대하면서 주위를 배회하며 형세를 관망하고 있던 차, 정오에 그가 여러 장수를 거느리고 돛을 올리고서 왔다. 진중의 장병들이 기뻐서 날뛰지 않는 이가 없었다. 군사를 합치기로 약속을 거듭한 뒤에 착포량鑿浦梁(경남 통영시 당동)에서 밤을 지냈다.

당항포 해전

1592년 6월 5일

아침에 출항하여 고성 땅 당항포唐項浦(경남 고성군 회화면 당항리)에 이르니, 왜적의 큰 배 1척은 크기가 판옥선과 같았는데, 배 위의 누각이 높고 그 위에는 적장이 앉아 있었다. 중간 배가 12척이고 작은 배가 20척이었다. 한꺼번에 쳐서 깨뜨리려고 활을 비 오듯 쏘아 대니, 화살에 맞아 죽은 자가 얼마인지 알 수가 없었다. 왜장 7명의 머리를 베었고, 나머지 왜군들은 육지로 올라가 달아났는데, 그 수가 얼마 되지 않았다. 우리

군사의 기세를 크게 떨쳤다.

1592년 6월 6일 맑음
적선의 동정을 살피면서 거기서 그대로 잤다.

율포 해전
1592년 6월 7일 맑음
아침에 출항하여 영등포永登浦(경남 거제시 장목면 구영리) 앞바다에 이르니,
적선이 율포栗浦(경남 거제시 장목면 대금리)에 있다고 한다. 복병선으로 하
여금 그곳에 가 보게 했더니, 적선 5척이 먼저 우리 군사가 오는 것을
알아채고 남쪽 넓은 바다로 달아났다. 우리 배 여러 척이 일제히 쫓아
가 사도 첨사 김완金浣이 1척, 우후*이몽구李夢龜가 1척, 녹도 만호 정
운이 1척을 통째로 잡으니, 왜적의 머리가 모두 36급*이었다.

우후虞候 각 도 절도사에게 소속된 무관으로 군사 행정을 보좌했다.
급級 전쟁에서 칼로 목을 벤 머리를 세는 단위를 나타내던 말

1592년 6월 8일 맑음

우수사와 함께 의논하면서 바다 가운데 머물러 지냈다.

1592년 6월 9일 맑음

곧장 천성天城(부산 강서구 가덕도 천성동), 가덕加德(부산 강서구 가덕도 성북동)에 이르니, 왜적의 배가 하나도 없었다. 두세 번 수색하고 나서 군사를 돌려 당포로 돌아와 밤을 지냈다. 새벽이 되기도 전에 배를 출항시켜 미조항 앞바다에 이르러 우수사와 이야기했다.

웅포 해전

1593년 3월 6일 맑음

새벽에 출항하여 웅천雄川(경남 진해시 남문동)에 이르니, 적의 무리가 육지로 도망쳐 산 중턱에 진을 쳤다. 관군들이 쇠 탄환과 편전을 비 오듯 마구 쏘니 죽은 자가 매우 많았다. 포로로 잡혀갔던 사천 여인 한 명을 빼앗아 왔다. 칠천량漆川梁(경남 거제시 하청면)에서 잤다.

2차 당항포 해전

1594년 2월 29일 맑음

아침에 종사관 정경달丁景達과 함께 밥을 먹은 뒤, 이별주도 마시며 종일 이야기했다. 장흥 부사 황세득黃世得도 함께했다. 벽방碧方(경남 통영시 광도면 벽방산)의 망보는 장수 제한국諸漢國이 보고하기를, "적선 16척이 소소포김所浦(경남 고성군 마암면 두호리)로 들어왔다"고 하므로 각 도에 전령하여 알리게 했다.

1594년 3월 1일 맑음

망궐례*를 드리고 활터 정자로 곧바로 올라가 금모포黔毛浦(전남 부안군 보
안면) 만호를 심문한 뒤 만호에게는 곤장을 치고 도훈도*는 처형했다.
종사관이 돌아갔다. 초저녁에 출항하려는데 제한국이 달려와 보고하기
를, "왜선이 이미 모두 도망가 버렸다"고 하기에 가려던 것을 멈추었
다. 초경*에 장흥의 2호선에 불이 나서 모두 타 버렸다.

1594년 3월 2일 맑음

아침에 방답 첨사, 순천 부사, 우조방장이 왔다. 느지막이 활터 정자로
올라가 좌조방장, 우조방장, 순천 부사, 방답 첨사와 함께 활을 쏘았다.
이날 저녁 장흥 부사가 와서 이야기를 나눴는데, 초경에 강진의 장작
쌓아 둔 곳에 실수로 불을 내어 모두 타 버렸다고 했다.

1594년 3월 3일 맑음

아침에 임금님께 올리는 글을 절하여 올려 보내고, 곧 활터 정자에 가
서 앉았다. 경상 우후 이의득李義得이 와서 말하기를, "수군이 적을 많

망궐례望闕禮 직접 왕을 배알(拜謁)하고 경의를 나타낼 수 없을 때, 멀리서 궁궐을 바라보고 절하는
예식
도훈도都訓導 한양의 사학(四學)과 지방의 향교에서 교육을 맡아보던 교관 중의 우두머리. 사학의 훈
도는 성균관의 관원들이 겸임했다.
초경初更 하룻밤을 오경(五更)으로 나눈 첫째 부분. 저녁 7시에서 9시 사이를 말한다.

이 잡아 오지 못한 일로 그의 수사 원균이 매질을 하고 또 발바닥까지 치려고 했다"고 한다. 참으로 놀라운 일이다. 느지막이 순천 부사, 좌조방장, 우조방장, 방답 첨사, 가리포 첨사, 좌우후, 우우후 등과 함께 활을 쏘았다. 오후 6시쯤에 벽방의 망보는 장수 제한국이 보고하기를, "왜선 6척이 오리량五里梁(경남 창원시 구산동), 당항포 등지에 들어와 흩어져서 정박해 있다"고 한다. 그래서 곧 전령을 내려 수군의 대군을 소집시켜 흉도胸島(경남 거제시 사등면 오량리 고개섬) 앞바다에 진을 치게 하고, 우조방장 어영담에게 정예선 30척을 거느리고서 적을 무찌르도록 했다. 초저녁에 배를 출발시켜 지도紙島(경남 통영시 용남면)에 이르렀다가 밤을 지내고 새벽 2시쯤에 출항했다.

1594년 3월 4일 맑음

새벽 2시쯤에 출항하여 진해 앞바다에 이르러 왜선 6척을 뒤쫓아 붙잡아서 불태우고, 저도猪島(경남 마산시 구산면 구복리)에서 2척을 불태웠다. 소소강召所江(경남 고성군 마암면 두호리 하천)에 왜선 14척이 들어와 정박했다고 하므로, 조방장과 경상 우수사 원균에게 나가 토벌하도록 명령을 내렸다. 고성 땅 아자음포阿自音浦(경남 고성군 동해면)에 진을 치고 밤을 지냈다.

1594년 3월 5일 맑음

겸사복兼司僕 윤봉尹鵬을 당항포로 보내어 직선을 쳐부수고 불태웠는지를 탐문하게 했다. 우조방장 어영담이 보고하기를, "적들이 우리 군사들의 위엄을 겁내어 밤을 틈타서 도망했으므로 빈 배 17척을 모조리 쳐부수었다"고 한다. 경상 우수사 원균의 보고도 같은 내용이었다. 우수사 이억기가 와서 만났을 때 비가 크게 퍼붓고 바람도 몹시 거세게 불어 바로 자기 배로 돌아갔다. 이날 아침에 순변사에게서도 토벌을 독려하는 공문이 왔다. 우조방장과 순천 부사, 방답 첨사, 배 첨사도 와서 서로 이야기하는 동안에 경상 우수사 원균이 배에 이르자 여러 장수는 각각 돌아갔다. 이날 저녁에 광양의 새 배가 들어왔다.

1594년 3월 6일 맑음

새벽에 망보는 군사가 적선 40여 척이 청슬靑膝(경남 거제시 사등면 지석리)로 건너온다고 전했다. 당항포의 왜선 21척은 모두 불태워 버렸다는 긴급 보고가 왔다. 느지막이 거제로 향하는데 맞바람이 거슬러 불어 간신히 흥도에 도착했다. 남해 현감 기효근奇孝謹이 보고하기를, "명나라 군사 2명과 왜놈 8명이 패문*을 가지고 왔기에, 그 패문과 명나라 군사를 올려 보낸다"라고 했다. 그 패문을 가져다 살펴보았더니, 명나라 도사부 담종인譚宗仁이 적을 치지 말라고 적어 보낸 글이었다. 나는 몸이 몹시 괴로워서 앉고 눕기조차 불편했다. 저녁에 우수사 이억기와 함께 명나라 병사를 만나 보고서 보냈다.

패문牌文 공문서의 한 가지

장문포 해전

1594년 9월 28일 흐림

새벽에 촛불을 밝히고 홀로 앉아 왜적을 칠 일이 좋은지 나쁜지 점쳤다. 첫 점은 "활이 화살을 얻은 것과 같다"였고, 다시 치니 "산이 움직이지 않는 것과 같다"고 나왔다. 바람이 순조롭지 못했다. 흉도 앞바다에 진을 치고 잤다.

1594년 9월 29일 맑음

출항하여 장문포長門浦(경남 거제시 장목면 장목리) 앞바다로 돌진해 가니, 적의 무리가 험준한 곳에 자리를 잡고 나오지 않았다. 누각을 높이 세우고 양쪽 봉우리에는 진지를 쌓고는 나와서 항전하려 하지 않았다. 선봉의 적선 2척을 무찔렀더니, 육지로 내려가 도망가 버렸다. 빈 배들만 쳐부수고 불태웠다. 칠천량에서 밤을 지냈다.

1594년 10월 1일

새벽에 출항하여 장문포에 이르니 경상 우수사 원균, 전라 우수사 이억기가 장문포 앞바다에 머물고 있었다. 나는 충청 수사와 선봉의 여러 장수와 함께 곧장 영등포로 들어가니, 흉악한 적들은 바닷가에 배를 매 놓고 한 놈도 나와서 항전하지 않았다. 해질 무렵에 장문포 앞바다로 돌아와서 사도의 2호선이 육지에 배를 매려 할 즈음에, 적의 작은 배가 곧장 들어와 불을 던졌다. 불은 비록 일어나지 않고 꺼졌지만 매우 분통했다. 우수사 이억기의 군관과 경상 우수사 원균의 군관에게는 그 실수를 약간 꾸짖었지만, 사도의 군관에게는 그 죄를 무겁게 다스렸다.
밤 10시쯤에 칠천량으로 돌아와서 밤을 지냈다.

1594년 10월 2일 맑음
단지 선봉선 30척에만 명령하여 장문포에 있는 적의 정세를 가서 보고
오게 했다.

1594년 10월 3일 맑음
몸소 여러 장수를 거느리고 일찌감치 장문포로 가서 종일 싸우려고 했
지만, 적의 무리들이 두려워하며 항전하러 나오지 않았다. 날이 저물어
칠천량으로 돌아와서 밤을 지냈다.

1594년 10월 4일 맑음
곽재우郭再祐, 김덕령金德齡 등과 함께 약속하고서 군사 수백 명을 뽑아
육지에 내려 산으로 오르게 하고, 선봉을 먼저 장문포로 보내어 들락날
락하면서 싸움을 걸게 했다. 느지막이 중군을 거느리고 진격했다. 바다
와 육지에서 서로 호응하니, 적의 무리들은 갈팡질팡하며 기세를 잃고
이리저리 바삐 달아났다. 육군은 왜적 한 놈이 칼을 휘두르는 것을 보
고는 곧 배로 내려왔다. 해 질 무렵 칠천량으로 돌아와 진을 쳤다. 선전
관 이계명李繼命이 표신*과 임금님의 교서를 가지고 왔는데, 임금님이

표신標信 궁중에 급변을 전하거나 궁궐 문을 드나들 때에 쓰던 문표(門標)

담비의 털가죽도 내려 주셨다.

1594년 10월 5일

칠천량에 머무르면서 장계 초안을 작성했다. 바람이 종일 세게 불었다.

어란포 해전

1597년 8월 25일 맑음

그대로 어란포에 머물렀다. 아침밥을 먹을 때 당포의 포작*이 방목하던 소를 훔쳐 끌고 가면서, "왜적이 쳐들어왔다"고 헛소문을 퍼뜨렸다. 나는 이미 그것이 거짓말인 줄 알고 헛소문을 낸 두 사람을 잡아다가 곧 목을 베어 높은 곳에 매달아 놓게 하니, 군중의 분위기가 크게 안정되었다.

1597년 8월 26일 맑음

그대로 어란포에 머물렀다. 임준영任俊英이 말을 타고 달려와서 급히 보고하기를, "적병이 이진에 이르렀다"고 했다. 전라 우수사 이억기가 왔다.

1597년 8월 27일 맑음

그대로 어란 바다 가운데 머물렀다.

1597년 8월 29일 맑음

아침에 벽파진碧波津(전남 진도군 고군면 벽파리)으로 건너갔다.

1597년 8월 30일 맑음

그대로 벽파진에 머물렀다.

벽파진 해전

1597년 9월 1일 맑음

그대로 벽파진에 머물렀다.

1597년 9월 2일 맑음

정자에 내려가 앉았는데, 포작 점세占世가 제주에서 와서 인사했다. 이 날 새벽에 경상 수사 배설이 도망갔다.

1597년 9월 3일 비

뜸* 아래에서 머리를 웅크리고 앉아 있으니, 그 심사가 어떠하겠는가.

1597년 9월 4일

북풍이 세게 불었는데, 각 배들을 겨우 보전했다. 천행이다.

1597년 9월 5일

북풍이 세게 불어, 각 배들을 서로 보전할 수가 없었다.

포작鮑作 바다에서 포획한 각종 해산물을 소금에 절여 진상하는 어민
뜸[草苫] 햇볕, 비, 바람 등을 막는 데 쓰는 짚, 띠 따위의 풀로 거적처럼 엮어 만든 물건

1597년 9월 6일

바람이 조금 자는 듯했으나 물결은 가라앉지 않았다.

1597년 9월 7일 맑음

바람이 비로소 그쳤다. 망을 보는 군관 임중형林仲亨이 와서 보고하기를, "적선 55척 가운데 13척이 이미 어란 앞바다에 이르렀는데, 그 목적이 우리 수군에 있는 것 같다"고 한다. 그래서 각 배에 엄중히 경계하도록 일렀다. 오후 4시쯤에 적선 13척이 곧장 진을 치고 있는 우리 배로 향해 왔다. 우리 배들도 닻을 올려 바다로 나가 맞서서 공격하니, 적들이 배를 돌려 달아나 버렸다. 먼바다까지 쫓아갔지만, 바람과 물결이 거세어 항해할 수가 없어서 벽파진으로 되돌아왔다. 왠지 밤에 적의 야습이 있을 것 같았다. 밤 10시쯤에 적선이 포를 쏘면서 습격해 왔다. 우리 쪽 여러 배가 겁을 집어먹은 것 같아 다시금 엄하게 명령을 내렸다. 내가 탄 배가 곧장 적선 앞으로 가서 연거푸 포를 쏘니, 적의 무리가 당해 내지 못하고 자정쯤에 물러갔다. 이들은 전에 한산도에서 승리를 얻은 자들이었다.

1597년 9월 8일 맑음

적선이 오지 않았다.

1597년 9월 9일 맑음

오늘이 9일 중양절이라 장병들에게 음식을 먹이려고 하는데, 마침 부

찰사 군량 가운데 지원 받은 제주 소 5마리가 왔다. 녹도 만호 송여종宋
汝悰과 안골포 만호 우수禹壽를 시켜 소들을 잡아 장병들에게 먹이고 있
을 때, 적선 2척이 곧장 감보도甘甫島(전남 진도군 고군면 감부도)로 들어와
우리 배의 많고 적음을 정탐했다. 영등포 만호 조계종趙繼宗이 뒤쫓아
따라갔으나 잡지 못했다.

1597년 9월 10일 맑음
적의 무리들이 멀리 달아났다.

명량 해전
1597년 9월 14일 맑음

북풍이 세게 불었다. 임준영任俊英이 육지를 정탐하고 달려와서 보고하
기를, "적선 55척이 이미 어란 앞바다에 들어왔다"고 했다. 또 말하기
를, "적에게 사로잡혔다가 도망쳐 온 김중걸金仲乞이 전하되, 이달 6일
에 달마산達磨山(경남 해남군 송지면)으로 피난 갔다가 왜놈에게 붙잡혀 묶
여서는 왜선에 실렸는데, 김해에 사는 이름 모르는 한 사람이 왜장에게
청해서 묶인 것을 풀어 주더니, 그날 밤에 김해 사람이 중걸의 귀에다
대고 몰래 말하기를, '왜놈들이 하는 말이, 조선 수군 10여 척이 우리
배를 추격하여 사살하거나 혹은 불태웠으므로 보복하지 않을 수 없다.
여러 배를 불러 모아 조선 수군들을 모조리 죽인 뒤에 한강으로 올라가
자'고 했다"는 것이다. 비록 이 말을 다 믿기는 어려우나 충분히 그럴
수도 있으므로, 우수영으로 전령선을 보내 피난민들을 즉시 육지로 올

라가라고 일렀다.

1597년 9월 15일 맑음

밀물이 들었다. 여러 배를 거느리고 우수영 앞바다로 들어가 머물러 잤
다. 밤 꿈에 이상한 징조가 많았다.

1597년 9월 16일 맑음

이른 아침에 망을 보던 군사가 나와서 보고하기를, "적선 200여 척이
명량鳴梁(전남 해남군 문내면)을 거쳐 곧바로 우리가 진을 치고 있는 곳으로
향하여 온다"고 했다. 곧 여러 장수를 불러 거듭 약속할 것을 밝히고 닻
을 올리고 바다로 나가니, 적선 133척이 우리 배를 에워쌌다. 지휘선이
홀로 적진 속으로 들어가 포탄과 화살을 비바람같이 쏘아 댔지만, 다른
배들은 바라만 보면서 진군하지 않아 앞일을 헤아릴 수가 없었다. 배
위에 있는 군사들은 서로 돌아보며 얼굴빛이 질려 있었다. 나는 부드럽
게 타이르면서, "적이 비록 1,000척이라도 감히 우리 배에는 곧바로 덤
벼들지 못할 것이니, 조금도 동요하지 말고 힘을 다해 적을 쏘아라"라
고 했다. 그리고 나서 여러 배를 돌아보니 1마장*쯤 물러나 있었고, 우
수사 김억추金億秋가 탄 배는 물러나 아득히 먼 곳에 있었다. 배를 돌려
곧장 중군 김응함金應諴의 배로 가서 먼저 목을 베어 높이 매달고자 했
으나, 내 배가 머리를 돌리면 여러 배가 차츰 더 멀리 물러나고 적선이
점차 다가와서 낭패가 될 것이 틀림없었다. 중군의 영하기*와 초요기*
를 세우니 김응함의 배가 점차 내 배로 가까이 오고 거제 현령 안위安衛

의 배도 왔다. 내가 뱃전에 서서 직접 안위를 불러 말하기를, "네가 억지를 부리다가 군법에 죽고 싶으냐"라고 했고, 다시 불러 "안위야, 군법에 죽고 싶으냐. 물러나 도망가면 살 것 같으냐"라고 했다. 이에 안위가 황급히 적과 교전하는 사이를 곧장 들어가니, 적장의 배와 다른 2척의 적선이 안위의 배에 개미처럼 달라붙기에 안위의 격군 7, 8명이 물에 뛰어들어 헤엄을 치니 거의 구할 수가 없었다. 나는 배를 돌려 곧장 안위의 배가 있는 데로 들어갔다. 안위의 배 위에 있는 군사들이 죽기를 각오한 채 마구 쏘아 대고 내 배의 군관들도 빗발치듯 어지러이 쏘아 대어 적선 2척을 남김없이 모두 무찔렀다. 아주 천행이다. 우리를 에워쌌던 적선 30척도 부서지니 모든 적이 저항하지 못하고 다시는 침범해 오지 못했다. 그곳에 머무르려고 했으나 물이 빠져 배를 대기에 적합하지 않으므로 건너편 포구로 진을 옮겼다가 달빛을 타고 다시 당사도唐笥島(전남 신안군 암태면)로 옮겨서 배를 대고 밤을 지냈다.

1597년 9월 17일 맑음

여오을도汝吾乙島(전남 신안군 지도읍 어의도)에 이르니, 피난민들이 무수히 와서 머무르고 있었다. 임치 첨사 홍견洪堅은 배에 격군이 없어서 나오지 못한다고 했다.

마장 거리의 단위. 오 리나 십 리가 못 되는 거리를 이른다.
영하기令下旗 군령을 내리는 기
초요기招搖旗 싸움터에서 대장이 부하 장수를 부르고 지휘할 때 사용하던 기

2부
가족을 사랑하다

"나라에 충성을 바치려 했건만 죄가 이미 이르렀고
어버이에게 효도하려 했건만 어버이마저 돌아가셨다."

"걸봉에 '통곡' 두 글자가 씌어 있어서 면이 전사했음을 알고
나도 모르게 간담이 떨어져 목 놓아 통곡하였다. 하늘이 어찌
이다지도 인자하지 못하신고. 간담이 타고 찢어지는 듯하다.
내가 죽고 네가 사는 것이 이치에 마땅하거늘,
네가 죽고 내가 살았으니 이런 어긋난 이치가 어디 있겠는가."

3장
어머니와 가족, 그리움에 괴로워하다

1592년 1월 1일 맑음

새벽에 아우 여필汝弼과 조카 봉菶, 아들 회薈가 와서 함께 이야기했다. 다만 어머니를 떠나 남쪽에서 두 번이나 설을 쇠니 간절한 회한을 이길 길이 없다. 병마절도사의 군관 이경신李敬信이 와서 병마절도사의 편지와 설 선물, 장전*, 편전 등 여러 가지 물건을 바쳤다.

1592년 2월 14일 맑음

아산 어머니께 문안을 드리려고 나장* 2명을 보냈다.

1592년 3월 29일 맑음

나라 제삿날(세조의 비 정희 왕후 윤씨의 제삿날)이라 공무를 보지 않았다. 아산 고향으로 문안 보냈던 나장이 돌아왔다. 어머니께서 편안하시다니 참으로 다행이다.

1593년 5월 4일 맑음

오늘이 어머니 생신이건만 적을 토벌하는 일 때문에 가서 축수*의 잔을
올리지 못하니, 평생 한이 되겠다.

1593년 6월 1일 맑음

아침에 탐후선*이 들어왔다. 어머니의 편지도 왔는데, 평안하시다고 한
다. 정말 다행이다. 아들의 편지와 조카 봉의 편지도 함께 왔다. 명나라
관원 양보楊甫가 왜놈의 물건을 보고 기뻐 날뛰더니 왜놈의 말안장 하
나를 가지고 갔다고 한다. 순천 부사와 광양 현감이 와서 만났다. 탐후
선이 왜군의 물건을 가져왔다. 충청 수사 정걸丁傑이 왔다. 나대용, 김인
문, 방응원方應元과 조카 봉도 왔다. 그 편에 어머니가 평안하심을 알았
다. 정말 다행이다.

1593년 6월 21일 맑음

새벽에 진을 한산도 망하응포望何應浦(경남 통영시 한산면 하포리)로 옮겼다.

장전長箭 싸움에 쓰는 긴 화살
나장羅將 조선 시대 병조에 속한 하급 직원으로 나졸(羅卒)이라고도 한다. 의금부·병조·오위도총부
(五衛都摠府)·사헌부·사간원·평시서(平市署)·전옥서(典獄署) 등에 배속되어, 고급 관원의 시종과 죄인을
문초할 때 매질·압송하는 일 등을 맡았다.
축수祝壽 오래 살기를 빎
탐후선探候船 '탐후'는 남의 안부를 묻는다는 뜻임. 안부를 물으러 보낸 배를 일컬음.

43

점심을 먹을 때 원균의 아우 원연元埏이 왔다. 우수사도 초대하여 같이 앉아 술을 몇 잔 마시고 헤어졌다. 아침에 아들 회가 들어왔다. 그 편에 어머니께서 편안하시다는 소식을 들었다. 다행이다.

1593년 8월 23일 맑음

윤간尹侃과 조카 뇌蕾와 해荄가 와서 어머니께서 평안하시다고 전했다. 아들 울蔚은 학질을 앓는다는 소식도 들었다.

1594년 1월 1일 비가 퍼붓듯이 내림

어머니를 모시고 같이 나이 한 살을 더하게 되니, 난리 중이지만 다행한 일이다. 저녁나절에 군사 훈련과 전쟁 준비하는 일로 본영으로 돌아오는데, 비가 그치지 않았다.

1594년 1월 11일 흐리되 비는 오지 않음

아침에 어머니를 뵈려고 배를 타고 바람을 따라 바로 고음천古音川(전남 여천시 시전동 웅천)에 대었다. 남의길南宜吉, 윤사행尹士行, 조카 분芬과 같이 어머니를 뵈러 가니 어머니는 아직 주무시고 계셨다. 큰 소리로 부르니 놀라 깨어 일어나셨다. 숨을 가쁘게 쉬시는 걸 보니 살아 계실 날이 얼마 남지 않은 듯하다. 감춰진 눈물만 흘러내릴 뿐이다. 그러나 말씀하시는 데는 착오가 없으셨다. 적을 토벌하는 일이 급하여 오래 머물지 못했다. 이날 저녁에 손수약孫守約의 아내가 죽었다는 부음을 들었다.

1594년 1월 27일 맑음

새벽에 배 만들 목재를 끌어 올 일로 우후가 나갔다. 새벽에 변유헌卞有憲과 이경복이 들어왔다고 보고했다. 아침에 충청 수사의 답장이 왔다. 어머니의 편지와 아우 여필의 편지가 왔는데, 어머니께서 평안하시다고 한다. 다행이다. 다만 동문 밖 해운대 옆과 미평에 햇불 든 강도들이 나타났다고 한다. 놀랄 일이다. 저녁에 미조항 첨사, 순천 부사가 함께 왔다. 아침에 소장과 그 밖의 공문을 처리하여 보내고, 스스로 항복해 온 왜놈을 잡아 왔기에 문초했다. 수사 원균의 군관 양밀梁密이 제주 판관의 편지와 말안장, 해산물, 귤, 유자 등을 가지고 왔기에 바로 어머니께 보냈다.

1594년 3월 25일 맑음

흥양 현감과 보성 군수가 나갔다. 사로잡혔던 아이가 왜의 진중에서 명나라 장수의 편지를 가지고 왔기에 흥양 현감에게 보냈다. 느지막이 활터 정자에 올라갔는데 몸이 몹시 불편하여 일찍 숙소로 내려왔다. 저녁에 아우 여필, 아들 회, 변존서卞存緖, 신경황申景潢이 와서 어머니가 평안하시다는 이야기를 해 자세히 들었다. 다만 선산이 모두 들불에 탔는데, 아무도 끄지 못했다고 한다. 몹시 가슴 아프다.

1594년 3월 29일

탐후선이 들어왔는데, 어머니께서 편안하시다고 했다.

1594년 6월 11일 맑음

더위가 쇠라도 녹일 것 같다. 아침에 아들 울이 본영으로 갔다. 작별하는 마음이 쓸쓸하다. 홀로 빈집에 앉았으니 마음을 걷잡을 수가 없었다. 저녁 바람이 몹시 사나워져서 더욱 걱정이 되었다. 충청 수사가 와서 활을 쏜 뒤 같이 저녁밥을 먹었다. 달빛 아래서 함께 이야기할 때 옥피리 소리가 처량했다. 오랫동안 앉아 있다가 헤어졌다.

1594년 6월 15일 맑더니 오후에 비가 버림

신경황申景潢이 들어왔는데 영의정 유성룡柳成龍의 편지를 가지고 왔다. 나라를 근심하는 마음이 이보다 더한 사람은 없을 것이다. 지사 윤우신尹又新이 세상을 떠났다는 소식을 들으니 슬프기 그지없다. 순천 부사, 보성 군수가 보고하기를, "명나라 총병관 장홍유張鴻儒가 호선*을 타고 100여 명을 거느리고서 바닷길을 거쳐 벌써 진도 벽파정에 이르렀다"고 했다. 날짜로 따지면 오늘내일 중에 도착할 것이다. 그러나 바람이 맞불어 마음대로 배를 부리지 못한 지 5일째이다. 이날 밤 소나기가 흡족하게 내리니 어찌 하늘이 백성을 가엽게 여긴 것이 아니겠는가. 아들의 편지가 왔는데 잘 돌아갔다고 한다. 또 아내의 편지에는 아들 면葂이 더위를 먹어 심하게 앓았다고 한다. 괴롭고 답답하다.

호선虎船 길이 10m 정도의 돛 1개짜리 작은 군선의 일종

1594년 6월 17일 맑음

저녁에 우수사와 충청 수사가 와서 이야기했다. 탐후선이 들어왔는데, 어머니께서 평안하시다고 한다. 그러나 아들 면이 많이 아프다고 하니 매우 걱정스럽다.

1594년 7월 10일 아침에 맑다가 저녁에 비 옴

아침에 낙안의 견본 벼 찧은 것과 광양 벼 100섬을 되질했다. 신홍헌申弘憲이 들어왔다. 저녁 무렵에 송전宋荃과 군관이 활 15순을 쏘았다. 아침에 들으니 아들 면의 병이 다시 심해지고 피를 토하는 증세까지 있다고 하여 아들 울과 심약 신경황, 정사립鄭思立, 배응록 등을 함께 보냈다.

1594년 7월 13일 비

비가 내리는데 홀로 앉아 아들 면의 병세가 어떨지 염려되어 글자를 짚어 점을 쳐 보았다. '군왕을 만나 보는 것과 같다'는 괘가 나왔다. 조금 마음이 놓였다. 다시 짚어 보니 '밤에 등불을 얻은 것과 같다'는 괘가 나왔다. 두 괘가 모두 좋아서 비로소 마음이 놓였다. 또 유 정승의 점을 쳐 보니, '바다에서 배를 얻은 것과 같다'는 괘가 나왔다. 다시 점치니, '의심하다가 기쁨을 얻은 것과 같다'는 괘가 나왔다. 무척 기분이 좋았다. 저녁 내내 비가 내리는데, 홀로 앉아 있는 마음을 가눌 길 없었다. 느지막이 송전이 돌아갈 때 소금 1섬을 주어 보냈다. 오후에 마량 첨사와 순천 부사가 와서 보고 어두워서야 되돌아갔다. 비가 올 것인지 갤 것인지를 점쳤더니, '뱀이 독을 내뿜는 것과 같다'는 괘를 얻었다. 앞으로 큰비가 내릴 테니 농사일이 걱정된다. 밤에 비가 퍼붓듯이 내렸다. 초경에 발포鉢浦(전라남도 고흥군 도화면 내발리)의 탐후선이 편지를 받아 가지고 돌아갔다.

1594년 7월 15일 비 오다가 늦게 갬

조카 해와 종 경京이 들어왔다. 아들 면의 병에 차도가 있다는 소식을 자세히 들으니 기쁘기 그지없다. 조카 분의 편지에 "아산 고향의 선산에 아무 탈 없고, 가묘도 별일 없고, 어머니께서도 편안하시다"고 하니 다행이다. 이흥종李興宗이 환자*를 하는 일로 형벌을 받고 죽었다고 하니 놀라운 일이다. 그 삼촌이 처음 이 소식을 듣고 상심하며 비통해한 후에 또 그 어머니의 병세가 더욱 위중해졌다는 말을 들었다고 한다. 활 10여 순을 쏜 뒤 수루에 올라 거니는데, 박주사리朴注沙里가 급히 와서 말하기를, "명나라 장수의 배가 이미 본영 앞에 도착하여 곧장 이곳으로 온다"고 했다. 그래서 즉시 삼도에 전령을 보내 진을 죽도로 옮기고는 거기서 하룻밤을 지냈다.

1594년 9월 1일 맑음

앉았다 누웠다 하면서 잠을 이루지 못하여 촛불을 밝힌 채 뒤척거렸다. 이른 아침에 손을 씻고 조용히 앉아 아내의 병세를 점쳐 보니, '중이 속세에 돌아오는 것과 같다'는 괘가 나왔다. 다시 쳤더니, '의심이 기쁨

환자還子 국가가 백성에게 봄에 꾸어 준 곡식을 추수 후에 이자를 붙여 회수하는 것

을 얻은 것과 같다'는 괘를 얻었다. 매우 길하다. 또 병세가 나아질지, 어떤 소식이 올지를 짐쳤더니, '귀양 땅에서 친척을 만난 것과 같다'는 괘를 얻었다. 이 역시 오늘 중으로 좋은 소식을 들을 조짐이다. 순무사 서성徐渻의 공문과 장계 초고가 들어왔다.

1594년 9월 2일 맑음

아침에 웅천 현감, 소비포 권관이 와서 같이 아침밥을 먹었다. 느지막이 낙안 군수가 와서 만났다. 저녁에 탐후선이 들어왔는데, 아내의 병이 좀 나아졌다고는 하나 원기가 몹시 약하다고 하니 매우 염려스럽다.

1594년 9월 6일 맑고 바람이 잔잔함

아침에 충청 수사, 우후, 마량 첨사와 함께 아침밥을 먹고, 느지막이 활터 정자로 옮겨 앉아 활을 쏘았다. 이날 저녁, 종 효대孝代와 개남介南이 어머니께서 평안하시다는 편지를 가지고 왔다. 기쁜 마음 그지없었다. 방필순方必淳이 세상을 떠나고 방익순方益淳이 그 가족을 데리고 우리 집으로 들어왔다는 소식을 들었다. 우스운 일이다. 밤 10시쯤에 종 복춘福春이 왔다. 저물녘에 김경로金敬老가 우도에 이르렀다는 말을 전해 들었다.

1594년 11월 15일 맑음

따뜻하기가 봄날과 같았다. 음양의 조화가 질서를 잃은 것 같으니 그야말로 재난이라고 할 만하다. 오늘은 아버지의 제삿날이라 나가지 않고 홀로 방에 앉아 있으니, 슬픈 회포를 어찌 다 말로 하랴! 저물녘에 탐후선이 들어왔다. 순천의 교생이 교서의 등본을 가지고 왔다. 또 아들 울의 편지에, 어머니께서 예전처럼 평안하시다고 하니 다행이다. 상주의 사촌 누이 편지를 가지고 그 아들 윤엽尹曄이 본영에 이르렀다. 보내온 편지를 읽어 보니 눈물이 흐르는 것을 막을 수가 없었다. 영의정의 편지도 왔다.

1595년 1월 1일 맑음

촛불을 밝히고 홀로 앉아 나랏일을 생각하니 나도 모르는 사이에 눈물이 흘렀다. 또 팔순의 병드신 어머니를 생각하며 뜬눈으로 밤을 새웠다. 새벽에 여러 장수와 색군*들이 와서 새해 인사를 했다. 원전元㻋, 윤언심尹彦諶, 고경운高景雲 등이 와서 만나 봤다. 색군들에게 술을 먹였다.

1595년 1월 5일 맑음

공문을 결재했다. 조카 봉과 아들 울이 들어와 어머니께서 평안하시다고 하니 기쁘고 다행이다. 밤새도록 온갖 생각이 떠올라 잠을 이루지 못했다.

1595년 1월 20일 맑음

아침에 아우 여필과 조카 해가 이응복李應福과 함께 나갔다. 아들 울과 조

색군色軍 일정한 임무를 나누어 맡은 군사. 평상시에는 병역의 의무가 없으나 유사시에 대비한 형식상의 군대를 말한다.

카 분이 함께 들어왔다. 어머니께서 편안하시다고 하니 매우 다행이다.

1595년 3월 18일 맑음

권언경權彦卿, 아우 여필, 조카 봉, 이수원李壽元 등이 들어왔다. 그 편에 어머니께서 편안하시다는 말을 들으니 천만다행이다. 우수사가 와서 이야기했다.

1595년 5월 4일 맑음

오늘은 어머니 생신이시다. 몸소 나아가 잔을 드리지 못하고 홀로 멀리 바다에 앉았으니, 가슴에 품은 생각을 어찌 다 말하랴! 저녁나절에 활 15순을 쏘았다. 해남 현감이 보고하고 돌아갔다. 아들의 편지를 보니, "요동의 왕작덕王爵德이 고려(왕씨)의 후예로서 군사를 일으키려 한다"고 한다. 참으로 놀랄 일이다.

1595년 5월 13일 비가 퍼붓듯이 오고 종일 그치지 않음

홀로 대청 가운데 앉아 있으니 온갖 생각이 끝이 없다. 배영수裵永壽를 불러 거문고를 타게 했다. 또 세 조방장을 불러오게 하여 같이 이야기 했다. 하루 걸릴 탐후선이 6일이 지나도 오지 않으니 어머니의 안부를 알 수가 없다. 속이 타고 무척 걱정이 된다.

1595년 5월 15일 궂은비가 그치지 않아 지척을 분간하지 못하겠음

새벽꿈이 몹시 어수선했다. 어머니 소식을 듣지 못한 지가 벌써 7일이나 되니 몹시 애가 타고 걱정이 된다. 또 조카 해가 잘 갔는지 궁금하다. 아침밥을 먹은 뒤에 나가서 공무를 보았다. 광양의 김두검金斗劍이 복병으로 나갔을 때 순천과 광양의 두 수령에게서 이중으로 월급을 받은 것 때문에 벌로써 수군으로 나왔다. 그런데 칼도 차지 않고 활도 차지 않고 나온 데다 무척 오만하여 곤장 70대를 쳤다. 저녁나절에 우수사가 술을 가지고 와서 몹시 취하여 돌아갔다.

1595년 5월 16일 흐리되 비는 오지 않음

아침에 탐후선이 들어와 어머니께서 편안하시다고 하고, 아내는 실수로 불을 낸 뒤로 마음이 많이 상하여 천식이 더해졌다고 한다. 매우 걱정이 되었다. 비로소 조카 해의 일행이 잘 간 줄을 알았다. 활 20순을 쏘았는데, 동지중추부사가 잘 맞혔다.

1595년 5월 21일 흐림

오늘은 꼭 본영에서 누가 올 것 같은데도, 당장 어머니의 안부를 몰라 매우 답답했다. 종 옥이玉伊, 무재武才를 본영으로 보내고, 전복과 밴댕이젓, 생선 알 몇 점을 어머니께 보냈다. 아침에 나가 공무를 보고 있는데, 투항해 온 왜놈들이 와서 보고하기를, "저희와 같은 또래 중에 산소山素란 놈이 흉측한 짓거리를 많이 하니 죽이겠다"고 한다. 그래서 왜놈을 시켜서 그놈의 목을 베게 했다. 활 20순을 쏘았다.

1595년 6월 4일 맑음

진주의 서생 김선명金善鳴이라는 자가 계원유사*가 되고 싶다고 여기에 왔는데, 보인* 안득安得이라는 자가 데리고 왔다. 그가 말하는 것을 듣고 사실인지를 살펴보니, 보장하기가 어려워서 우선 그가 하는 행동을 좀 두고 보기로 하고는 공문을 만들어 주었다. 세 조방장과 사도 첨사, 방답 첨사, 여도 만호, 녹도 만호가 와서 활 15순을 쏘았다. 탐후선이 오지 않아 어머니의 안부를 알 수 없었다. 걱정이 되어 눈물이 났다.

1595년 6월 9일 맑음

몸이 아직도 개운하지 않아서 매우 답답하고 걱정된다. 조방장 신호申浩, 사도 첨사, 방답 첨사가 편을 갈라서 활쏘기를 했는데 신호 편이 이겼다. 저녁에 원수의 군관 이희삼李希參이 임금님의 분부를 가지고 이곳에 왔다. 조형도趙亨道가 "수군 한 사람에게 날마다 양식 5홉, 물 7홉씩을 준다"고 없는 것을 꾸며서 장계를 했다고 한다. 인간의 일이란 참으로 놀랍다. 천지에 어찌 이처럼 속이는 일이 있단 말인가. 저물녘에 탐후선이 들어왔는데, 어머니께서 이질에 걸리셨다고 한다. 걱정이 되어 눈물이 났다.

1595년 6월 12일 가랑비가 오고 바람 붐

새벽에 아들 울이 왔다. 어머니의 병환이 좀 덜하다고 한다. 그러나 연

계원유사繼援有司 군량을 지원하는 일을 맡은 유사
보인保人 군(軍)에 직접 복무하지 아니하던 병역 의무자. 정군(正軍) 한 명에 대하여 두 명에서 네 명씩 배당하여, 실제로 복무하는 대신에 베나 무명 따위를 나라에 바쳤다.

세가 아흔인 노인이 위험한 병 이질에 걸리셨으니 염려가 되어 또 눈물이 났다.

1595년 6월 13일 흐림

새벽에 경상 수사 배설을 잡아 오라는 명령이 내려졌다. 그를 대신해 권준이 임명되었고 남해 현령 기효근은 그대로 유임되었다고 하니 놀라운 일이다. 느지막이 경상 수사 배설에게 가서 만나 보고 돌아왔다. 저물녘에 탐후선이 들어왔는데, 금오랑이 이미 본영 안에 도착했다. 또 별좌*의 편지를 보니 어머니 병환이 차차 나아지고 있다고 한다. 다행이다.

1595년 6월 19일 비

홀로 수루 위에 앉아 있는데 잠결 중에 아들 면이 윤덕종尹德種의 아들 운로雲輅와 같이 왔다. 어머니의 편지를 보니 병환이 완전히 나으셨다고 한다. 천만다행이다. 신홍헌 등이 들어와서 보리 76섬을 바쳤다.

1595년 7월 3일 맑음

아침에 충청 수사에게 가서 문병하니 많이 나았다고 한다. 느지막이 경상 수사가 이곳에 와서 서로 이야기한 뒤에 활 10순을 쏘았다. 밤 10시쯤에 탐후선이 들어왔다. 어머니께서 평안하시다고는 하나 입맛이 없으시다고 한다. 몹시 걱정이다.

별좌別坐 각 관아에 둔 정·종오품 벼슬

1595년 7월 2일 맑음

오늘은 돌아가신 아버지의 생신날이다. 슬픔에 젖어 나도 모르게 눈물이 흘렀다. 느지막이 활 10순을 쏘고, 또 철전 5순, 편전 3순을 쏘았다.

1595년 7월 6일 맑음

정항鄭沆, 금갑도 만호, 영등포 만호가 와서 만나 봤다. 늦게 나가 공무를 보고 활 8순을 쏘았다. 종 목년木年이 곰내에서 왔는데, 어머니께서 평안하시다고 했다.

1595년 7월 11일 맑음

아침에 어머니께 편지를 쓰고, 다른 여러 곳에도 편지를 써 보냈다. 무재, 박영朴永이 신역* 때문에 돌아갔다. 나가서 공무를 보고 활 10순을 쏘았다.

1595년 11월 11일 맑음

새벽에 선조 임금의 탄신을 축하하는 예를 행했다. 본영의 탐후선이 들어왔다. 주부 변존서, 이수원, 이원룡李元龍 등이 왔는데, 그 편에 어머니께서 평안하시다는 말을 들으니 기쁘고 다행이다. 저녁에 이의득이와서 만나 봤다. 금갑도 만호, 회령포 만호가 떠났다.

1595년 11월 15일 맑음

아버지 제삿날이라 공무를 보러 나가지 않았다. 홀로 앉아서 그리워하니 떠오르는 온갖 생각을 달랠 길 없다.

1595년 11월 19일 맑음

이른 아침에 도망갔던 왜놈이 제 발로 와서 현신*했다. 밤 10시쯤에 조카 분, 봉, 해와 아들 회가 들어왔다. 어머니께서 평안하시다고 하니 기쁘고 다행이다. 하응문河應文이 돌아갔다.

1595년 12월 6일 맑음

느지막이 경상 수사가 와서 만나 봤다. 저녁에 아들 울이 들어왔다. 어머니께서 평안하시다고 하니 천만다행이다.

1595년 12월 11일 맑음

조카 해와 분이 탈 없이 본영에 이르렀다는 편지를 보니 기쁘고 다행이다. 그러나 그 고생스러웠던 사정을 무엇이라 말로 나타낼 수가 없다.

1596년 1월 1일 맑음

밤 1시쯤에 어머니를 찾아가 뵈었다. 느지막이 남양 아저씨와 신 사과*가 와서 이야기했다. 저녁에 어머니께 하직하고 본영으로 돌아왔다. 마

신역身役 나라에서 성인 장정에게 부과하던 군역과 부역
현신現身 다른 사람에게 자신을 보임. 흔히, 아랫사람이 윗사람에게 예를 갖추어 자신을 보이는 일을 이른다.
사과司果 조선 시대 오위(五衛)에 둔 정육품의 군직(軍職). 현직에 종사하고 있지 않은 문관, 무관 및 음관(蔭官)이 맡았다.

음이 몹시도 어지러워 밤새도록 잠을 자지 못했다.

1596년 3월 27일 맑음

남풍이 불었다. 늦게 나가 활을 쏘았다. 우후, 방답 첨사가 왔다. 충청 우후, 마령 첨사, 임치 첨사, 결성 현감, 파지도 권관이 함께 왔기에 술을 먹여서 보냈다. 저녁에 신 사과와 아우 여필이 한 배로 들어왔다. 그 편에 어머니께서 편안하시는 말을 들으니 매우 기쁘고 다행이다.

1596년 5월 18일 비가 잠깐 개었으나 바다의 안개는 걷히지 않음

체찰사의 공문이 들어왔다. 느지막이 경상 수사가 와서 만났다. 나가서 공무를 보고 활을 쏘았다. 저녁에 탐후선이 들어왔는데, 어머니께서 평안하시나 진지를 전처럼 잡수시지 못한다고 한다. 걱정이 되어 눈물이 났다.

1596년 6월 14일 맑음

일찍 나가 활 15순을 쏘았다. 아침에 아들 회와 이수원이 같이 왔다. 어머니께서 평안하시다는 소식을 들었다.

1596년 7월 20일 맑음

경상 수사가 와서 만나 봤다. 본영의 탐후선이 들어와 어머니께서 평안하시다고 전하니 기쁘고 다행이다. 그 편에 들으니 충청도 토적* 이몽학李夢鶴이 이시발李時發의 포수가 쏜 총에 맞아 즉사했다고 한다. 다행이다.

1596년 8월 4일 맑음

샛바람*이 세게 불었다. 아들 회가 면, 조카 완 등과 함께 아내의 생일날 술잔을 올리기 위해 떠나갔다. 정선鄭瑄도 나가고 정사립은 휴가를 얻어서 갔다. 늦게 수루에 앉아서 아이들 보내는 것을 바라보느라 몸 상하는 줄도 몰랐다. 느지막이 대청으로 나가 활 몇 순을 쏘다가 몸이 몹시 불편하여 활 쏘는 것을 멈추고 안으로 들어왔다. 몸이 거북이처럼 움츠러들기에 곧 옷을 두껍게 입고 땀을 냈다. 저물 무렵 경상 수사가 문병하고 갔다. 밤에는 낮보다 갑절이나 앓느라 신음하며 밤을 보냈다.

1596년 8월 12일 맑음

샛바람이 세게 불어 동쪽으로 가는 배는 도저히 오갈 수가 없었다. 오랫동안 어머니의 안부를 듣지 못해 몹시도 답답하다. 우수사가 와서 만나 봤다. 땀이 옷 두 겹을 적셨다.

1596년 윤 8월 12일 맑음

종일 노를 바삐 저어 밤 10시쯤에 어머니께 이르렀다. 백발이 성성한 채 나를 보고 놀라 일어나시는데, 숨이 곧 끊어지려 하시는 모습이다. 아침저녁을 보전하시기 어렵겠다. 눈물을 머금고 서로 붙들고 앉아 밤새도록 위안하며 기쁘게 해 드리면서 그 마음을 풀어 드렸다.

토적土賊 지방에서 일어나는 도둑 떼
샛바람 뱃사람들의 은어로, '동풍'을 이르는 말

1596년 윤 8월 13일 맑음

어머니를 곁에 모시고 아침진지를 드시게 하니 대단히 기뻐하시는 빛이다. 느지막이 하직 인사를 드리고 본영으로 왔다. 오후 6시쯤 작은 배를 타고 밤새도록 노를 바삐 저어 돌아왔다.

1596년 9월 17일 맑음

체찰사와 부사는 입암산성立巖山城(전남 장성군 북상면 성내리)으로 가고, 나는 혼자 진원현珍原縣(전남 장성군 진원면)에 이르러 진원 현감과 함께 이야기했다. 종사관도 왔다. 저물 무렵 관청에 이르니 두 조카딸이 나와 앉아 있어서 오랫동안 보지 못했던 감회를 풀었다. 다시 작은 정자로 나와서 진원 현감, 여러 조카와 함께 밤이 깊도록 이야기했다.

1596년 10월 3일 맑음

새벽에 배를 돌려 어머니를 모시고 일행과 더불어 배를 타고 본영(여수)으로 돌아와서 종일토록 즐겁게 모시니 참 다행이었다. 흥양 현감이 술을 가지고 왔다.

1596년 10월 7일 맑음

아침 일찍 환갑잔치를 베풀고 종일토록 즐기니 참으로 다행스러웠다. 남해 현령은 조상의 제삿날이어서 먼저 돌아갔다.

1596년 10월 8일 맑음

어머니께서 평안하시니 참으로 다행이다. 순천 부사와 작별의 술잔을
나누고 보냈다.

1596년 10월 9일 맑음

공문을 처리하여 보냈다. 하루 종일 어머니를 모셨다. 내일 진중(한산도)
으로 들어간다 하니, 어머니께서는 몹시 서운하신 빛이 역력했다.

1596년 10월 10일 맑음

자정쯤에 뒷방으로 갔다가 밤 2시쯤에 수루의 방으로 돌아왔다. 정오에
어머니께 하직 인사를 하고 오후 2시쯤 배를 타고 바람을 따라 돛을 달
고 밤새도록 노를 저어 왔다.

1597년 10월 14일 맑음

밤 2시쯤 꿈에, 내가 말을 타고 언덕 위로 가는데 말이 발을 헛디뎌 냇
물 가운데로 떨어졌다. 그런데 쓰러지지는 않고 막내아들 면이 끌어안
는 듯한 형상이 보이다가 깨었다. 이것이 무슨 징조인지 모르겠다. 저
녁에 어떤 사람이 천안에서 와서 집안 편지를 전했다. 봉한 것을 뜯기
도 전에 뼈와 살이 먼저 떨리고 정신이 아찔하고 어지러웠다. 대충 겉
봉을 뜯고 둘째 아들 열*의 편지를 보니, 겉에 '통곡'이라는 두 글자가

열葆 이순신의 둘째 아들로 원래 이름은 울이었으나 1597년 5월에 열로 이름을 고쳤다.

씌어 있어 면이 전사했음을 알았다. 나도 모르게 간담이 떨어져 목 놓아 통곡, 통곡했다. 하늘이 어찌 이다지도 인자하지 못하신고. 내가 죽고 네가 사는 것이 떳떳한 이치이거늘, 네가 죽고 내가 살았으니 이런 어그러진 이치가 어디 있는가. 천지가 캄캄하고 해조차 빛이 변했구나. 슬프다. 내 아들아! 나를 버리고 어디로 갔느냐? 남달리 영특하여 하늘이 이 세상에 머물러 두지 않은 것이냐? 내가 지은 죄 때문에 화가 네 몸에 미친 것이냐? 내 이제 세상에 살아 있어 본들 앞으로 누구에게 의지할 것인가. 너를 따라 같이 죽어 지하에서 같이 지내고 같이 울고 싶건만 네 형, 네 누이, 네 어미가 의지할 곳 없으니, 아직은 참고 연명이야 한다마는 내 마음은 죽고 형상만 남은 채 울부짖을 따름이다. 하룻밤 지내기가 일 년 같구나.

1597년 10월 15일 종일 비바람

누웠다 앉았다 하면서 하루 내내 뒤척거렸다. 여러 장수가 와서 문안하니 어찌 얼굴을 들고 대하랴. 임홍林紅, 임중형, 박신朴信 등이 왜적의 정세를 살피려고 작은 배를 타고 흥양과 순천 앞바다로 나갔다.

1597년 10월 16일 맑음

우수사와 미조항 첨사를 해남으로 보냈다. 해남 현감도 보냈다. 내일이면 아들의 죽음을 들은 지 나흘째가 되는 날인데도 마음 놓고 울어 보지도 못했다. 소금 굽는 사람인 강막지姜莫只의 집으로 갔다. 밤 10시쯤에 순천 부사, 우후, 금갑도 만호, 제포 만호 등이 해남에서 돌아왔는데, 왜놈 13명과 적진에 투항해 들어갔던 송언봉宋彦鳳 등의 머리를 베어 왔다.

1597년 10월 17일 맑았으나 종일 바람이 세게 붊

새벽에 향을 피우고 곡을 하는데, 하얀 띠를 두르고 있으니 이 비통함을 어찌 참으랴. 우수사가 와서 만났다.

1597년 10월 19일 맑음

새벽에 고향 집의 종 진辰이 내려온 꿈을 꾸었는데, 죽은 아들이 생각나서 통곡했다. 느지막이 조방장과 경상 우후가 와서 만났다. 백진사가 와서 만나고 임계형林季亨이 와서 알현했다. 김신웅의 아내, 이인세, 정억부를 붙잡아 왔다. 거제 현령, 안골포 만호, 녹도 만호, 웅천 현감, 제포 만호, 조라포 만호, 당포 만호, 우우후가 보러 왔다. 적을 잡은 공문을 가져와서 바쳤다. 윤건尹健 등의 형제가 왜적에게 붙었던 자 2명을 붙잡아 왔다. 어두울 무렵 코피를 한 되 남짓 흘렸다. 밤에 앉아 생각하니 눈물이 났다. 어찌 말로 다하리오. 이제는 죽은 혼령이 되었으니 불효를 이토록 저지를 줄을 어찌 알았겠는가. 비통한 마음에 가슴이 찢어지는 듯하여 가눌 수가 없었다.

4장
어머니의 사망, 눈물이 마르지 않다

1597년 4월 11일 맑음

새벽꿈이 매우 심란하여 이루 다 말할 수가 없었다. 덕이德伊를 불러서 대강 이야기한 뒤 아들 울에게도 말했다. 마음이 몹시 언짢아서 취한 듯 미친 듯 마음을 가눌 수가 없으니 이 무슨 징조인가. 병드신 어머니를 생각하니 눈물이 흐르는 줄도 몰랐다. 종을 보내어 어머니의 소식을 듣고 오게 했다. 금부도사°는 온양으로 돌아갔다.

1597년 4월 12일 맑음

종 태문太文이 안흥량安興梁(충남 태안군 근흥면 안흥리)에서 들어와 편지를 전하는데, "어머니께서는 숨이 거의 끊어지려 하시며, 초 9일에 위아래 사람들이 모두 무사히 안흥량에 도착하여 묵고 있다"고 했다. 법성포法 聖浦(전남 영광군 법성면 법성리)에 이르러 배를 대고 자고 있을 때, 닻이 끌

려 떠내려가서 배에 머문 지 6일 만에 서로 떨어져 있다가 만났는데 무
사하다고 했다. 아들 울을 먼저 바닷가로 보냈다.

1597년 4월 13일 맑음

일찍 아침을 먹은 뒤에 어머니를 마중하려고 바닷가로 나갔다. 도중에
홍 찰방* 집에 들러 잠깐 이야기하는 동안 아들 울이 종 애수를 보내 놓
고 아직 배가 온다는 소식이 없다고 했다. 또 들으니, 황천상黃天祥이
변흥백卞興伯의 집에 왔다고 했다. 홍 찰방과 작별하고 변흥백의 집에
이르렀다. 조금 있으니 종 순화順花가 배에서 와 어머니의 부고를 전했
다. 뛰쳐나가 가슴을 치며 발을 동동 굴렀다. 하늘이 캄캄했다. 곧 해암
蟹巖(충남 아산시 인주면 해암리)으로 달려가니 배가 벌써 와 있었다. 길에서
바라보며 가슴이 찢어지는 슬픔을 이루 다 적을 수가 없다. 뒷날에 적
었다.

1597년 4월 14일 맑음

홍 찰방, 이 별좌가 들어와서 곡을 하고 관을 짰다. 관의 재목은 본영에
서 마련해 가지고 온 것인데, 조금도 흠난 곳이 없다고 했다.

금부도사禁府都事 조선 시대 의금부에 속하여 임금의 특명에 따라 중한 죄인을 신문(訊問)하는 일을
맡아보던 종오품 벼슬
찰방察訪 각 도의 역참 일을 맡아보던 종육품 외직(外職) 문관의 벼슬. 공문서를 전달하거나 공무로
여행하는 사람의 편리를 도모하였다.

1597년 4월 15일 맑음

느지막이 입관*했다. 친구 오종수吳終壽가 일을 맡아서 정성껏 해 주니 뼈가 가루가 되어도 잊지 못할 것이다. 관에 대해서만은 서운한 생각이 없으니 다행이다. 천안 군수가 들어와서 상여를 준비해 주고 전경복全 慶福이 연일 마음을 다하여 상복 만드는 일 등을 돌보아 주니, 고마운 마음을 어찌 말로 다하랴.

1597년 4월 16일 궂은비 옴

배를 끌어 중방포中方浦(충남 아산시 염치읍 중방리) 앞으로 옮겨 대고, 영구를 상여에 올려 싣고 집으로 돌아왔다. 마을을 바라보며 찢어지는 듯 아픈 마음을 어찌 다 말할 수 있으랴. 집에 도착하여 빈소를 차렸다. 비는 억수같이 퍼붓고, 나는 기력이 다 빠진 데다 남쪽으로 갈 날은 다가오니, 부르짖으며 울었다. 다만 어서 죽기만을 기다릴 뿐이다. 천안 군수가 돌아갔다.

1597년 4월 18일 종일 비

몸이 몹시 불편하여 나가지 못하고, 다만 빈소 앞에서 곡만 하다가 종 금수今守의 집으로 물러 나왔다. 저물녘에 계원들이 내가 있는 곳으로 모여 와서 곗일을 의논하고 헤어졌다.

1597년 4월 19일 맑음

일찍 길을 떠나며 어머니 영전에 하직을 고하고 울부짖었다. 어찌하랴.

어찌하랴. 천지에 나와 같은 운명이 어디 또 있으랴. 어서 죽느니만 못하다. 조카 뇌의 집에 이르러 먼저 조상의 사당 앞에 아뢰고 길을 떠났다. 금곡의 강선전姜宣傳의 집 앞에 이르러 강정姜晶과 강영수姜永壽를 만나 말에서 내려 곡했다. 길을 떠나 보산원寶山院(충남 천안시 광덕면 보산원리)에 이르니 천안 군수가 먼저 와 있기에 냇가에서 말을 내려 쉬러 갔다. 임천 군수 한술韓述은 중시*를 보러 서울로 가던 중에 앞길을 지나다가 내가 있다는 말을 듣고 들어와서 조문하고 갔다. 아들 회, 면, 울과 조카 해, 분, 완과 주부 변존서가 함께 천안까지 따라왔다. 원인남元仁男도 와서 만나 보고 작별한 뒤에 말에 올랐다. 일신역日新驛(충남 공주 장기면 신관리)에 이르러 잤다. 저녁에 비가 뿌렸다.

1597년 5월 4일 비

오늘은 어머니 생신이시다. 슬프고 애통함을 어찌 견디랴. 닭이 울 때 일어나 앉아 눈물만 흘릴 뿐이다. 오후에 비가 많이 내렸다. 정사준鄭思竣이 와서 종일 돌아가지 않았다. 이수원도 왔다.

1597년 6월 26일 맑음

새벽에 순천의 종 윤복允福이 나타났기에 곧 곤장 50대를 쳤다. 거제에서 온 사람이 돌아갔다. 느지막이 중군장 이덕필李德弼과 변홍달卞弘達,

---

입관入棺 시신을 관 속에 넣음
중시重試 당하관 이하의 문무관에게 10년마다 한 번씩 보게 하던 과거 시험. 합격하면 성적에 따라 당상관까지 올려 주었다.

심준沈俊 등이 와서 만났다. 황 종사관이 개벼루 강가의 정자로 나왔다가 돌아갔다. 아산에 있는 종 평세平世가 들어와서 어머니 영연*이 평안하고, 집집이 위아래 사람들이 다 평안하다고 했다. 다만 석 달이나 가물어 농사는 끝장나서 가망이 없다고 했다. 장삿날은 7월 27일로 했다가 다시 8월 4일로 택일했다고 했다. 그리운 생각이 간절하니 애통함을 어찌 다 말하랴. 저녁에 우병사가 체찰사에게 보고하기를, "아산의 이방李芳과 청주의 이희남李喜男이 복병하기 싫어서 원수의 진영 곁으로 피해 있다"고 하여 체찰사가 원수에게 공문을 보내니 원수가 무척 성내며 공문을 다시 작성하여 보냈다. 우병사 김응서金應瑞의 속뜻을 알 수가 없었다. 이날 작은 얼룩말이 죽어서 내다 버렸다.

영연靈筵 영위를 모신 자리나 혼령을 모셔 놓은 자리

3부
정의와 원칙을 지키다

"신이 일찍이 왜적들의 침입이 있을 것을 염려하여
별도로 거북선을 만들었습니다. 앞에는 용머리를 붙여
그 입으로 대포를 쏘게 하고, 등에는 쇠못을 꽂았습니다.
안에서는 능히 밖을 내다볼 수 있어도 밖에서는 안을
들여다볼 수 없게 하여 비록 적선 수백 척 속에라도
쉽게 돌입하여 대포를 쏠 수 있습니다."

"수사 구 사직이 흉악한 적도들이 음모를 꾸며 내는
이때를 당하여 기한 내에 도착하지 못하였으니
기한을 어긴 죄를 면하기 어려울 것이나, 오직 각 고을에서
수군을 전혀 징발해 보내지 아니함이 근일에는 더욱 심하고,
각 포구의 전선을 쉽게 정비할 수 없음이 각 도가 똑같으므로
먼저 행수 군관과 도훈도는 군령에 의하여 처벌해야 하겠습니다."

5장
유비무환의 정신, 전쟁을 대비하다

1592년 1월 3일 맑음

동헌에 나가 별방군*을 점검하고, 각 고을과 포구에 공문을 써 보냈다.

1592년 1월 11일 종일 가랑비 내림

늦게야 동헌에 나가 공무를 보았다. 이봉수가 선생원*의 돌 뜨는 곳에
가 보고 와서 보고하기를, "이미 큰 돌 열일곱 덩어리에 구멍을 뚫었
다"고 한다. 서문 밖 해자가 네 발*쯤 무너졌다. 심사립沈士立과 이야기
했다.

1592년 1월 12일 궂은비가 오고 개지 않음

식사를 한 뒤에 객사 동헌으로 나갔다. 본영 및 각 포구의 진무*들의 활
쏘기를 시험했다.

1592년 1월 17일 맑음

춥기가 한겨울 같다. 아침에 순찰사와 남원의 반자*에게 편지를 보냈다. 저녁에 쇠사슬 박을 구멍 낸 돌을 실어 오는 일로 배 4척을 선생원으로 보냈다. 김효성金孝誠이 거느리고 갔다.

1592년 1월 18일 맑음

동헌에 나가 공무를 보았다. 여도呂島(전남 고흥군 점암면 여호리)의 제1호선이 돌아갔다. 무예 성적이 우수한 자에 대한 장계와 대가*를 청하는 목록을 봉해 감영으로 보냈다.

1592년 1월 19일 맑음

동헌에서 공무를 본 뒤에 각 군사를 점검했다.

1592년 2월 4일 맑음

동헌에 나가 공무를 본 뒤에 북봉北峰(전남 여수시 군자동 종고산 정상)의 봉화대 쌓은 곳에 오르니, 매우 잘 쌓아 무너질 염려가 없으니 이봉수李鳳壽

별방군別防軍 '별방'은 부대 편성의 한 부류인 '별조방別助防'의 준말
선생원先生院 전남 여천군 율촌면 신풍리에 있는 여관
발 길이의 단위. 한 발은 두 팔을 양옆으로 펴서 벌렸을 때 한쪽 손끝에서 다른 쪽 손끝까지의 길이이다.
진무鎭撫 조선 전기에 두었던 무관(武官) 벼슬. 의흥친군위, 삼군진무소, 오위진무소, 의금부 따위에 두었다.
반자半刺 주나 군의 우두머리 밑에 속해 있는 통판, 판관 등의 벼슬아치
대가代加 품계가 오를 사람이 자기 대신 아들이나 사위, 동생, 조카 등이 품계를 올려 받도록 하던 일

가 부지런히 애썼음을 알겠다. 종일 구경하다가 저녁에야 내려와서 해자 구덩이를 순시했다.

1592년 2월 5일 맑음

동헌에 나가 공무를 본 뒤 활 18순을 쏘았다.

1592년 2월 6일 맑았지만 종일 바람이 세게 붐

동헌에 나가 공무를 보았다. 순찰사에게서 편지가 2통 왔다.

1592년 2월 8일 맑다가 또 바람이 세게 붐

동헌에 나가 공무를 보았다. 이날 거북선에 쓸 돛베 29필을 받았다. 정오에 활을 쏘는데, 조이립趙而立과 변존서가 자웅을 다투다가 조이립이 졌다. 우후가 방답에서 돌아와 방답 첨사가 방비에 온 정성을 다하더라며 매우 칭찬했다. 동헌 뜰에 돌기둥 화대를 세웠다.

1592년 2월 9일 맑음

새벽에 쇠사슬을 꿸 긴 나무를 베어 올 일로 이원룡에게 군사를 거느리게 하여 두산도로 보냈다.

1592년 2월 10일 안개비가 오면서 개었다 흐렸다 함

동헌에 나가 공무를 보았다. 김인문이 감영에서 돌아왔다. 순찰사의 편지를 보니, 통역관들이 뇌물을 많이 받고 명나라에 무고°하여 군사를 청했을 뿐 아니라 명나라에서 우리나라와 일본 사이에 무슨 다른 뜻이 있는가 의심하게까지 했다니, 그 흉측함을 무엇이라 이루 말할 수 없다. 통역관들이 이미 잡혔다고는 하지만, 해괴하고 분통함을 참을 수가 없다.

1592년 2월 11일 맑음

식사를 한 뒤 배 위에 나가 새로 뽑은 군사들을 점검했다.

1592년 2월 12일 맑고 바람도 고요함

식사를 한 뒤 동헌에 나가 공무를 보고서 해운대海雲臺(전남 여수시 수정동)로 자리를 옮겨 활을 쏘았다. 침렵치*를 구경했는데, 너무 조용했다. 군관들도 모두 일어나 춤을 추고, 조이립이 시를 읊었다. 저녁이 되어서야 돌아왔다.

1592년 2월 13일 맑음

전라 우수사 이억기의 군관이 왔기에, 화살대 큰 것과 중간 것 100개와 쇠 50근을 보냈다.

1592년 2월 15일 비바람이 세게 붊

동헌에 나가 공무를 보았다. 새로 쌓은 해자 구덩이가 많이 무너졌기

무고誣告 사실이 아닌 일을 거짓으로 꾸미어 해당 기관에 고소하거나 고발하는 일
침렵치沈獵雉 무사들의 놀이인 듯하나 정확하지 않다.

에, 석공들에게 벌을 주고 다시 쌓게 했다.

1592년 2월 16일 맑음

동헌에 나가 공무를 본 뒤 활 6순을 쏘았다. 새로 들어온 군사와 임무를
마친 군사들을 점검했다.

1592년 2월 19일 맑음

순찰하러 떠나 백야곶白也串(전남 여천군 화양면 백도)의 감목관이 있는 곳에
이르니, 승평 부사 권준權俊이 자기 아우를 데리고 와서 기다리고 있었
다. 기생도 왔다. 비가 온 뒤라 산꽃이 활짝 피어 경치의 빼어남을 말로
표현하기 어려웠다. 저물어서야 이목구미梨木龜尾(전남 여천군 화양면 이목리)
에 이르러 배를 타고 여도에 이르니, 영주瀛州(흥양의 옛 이름으로 지금의 전남
고흥) 현감과 여도 권관이 마중했다. 방비를 검열하는데 흥양 현감은 내
일 제사가 있다고 먼저 갔다.

1592년 2월 20일 맑음

아침에 모든 방비와 전선을 점검해 보니, 모두 새로 만들었고 무기도
어느 정도 완비되어 있었다. 늦게야 떠나서 영주에 이르니, 좌우의 산
꽃과 들 가의 봄풀이 한 폭의 그림 같다. 옛날에 영주*가 있다 하더니,

영주瀛州 여기서의 영주는 중국 전설에서 신선이 산다는 삼신산의 하나를 말한다. 흥양을 영주라 부
르기도 했으므로 이에 비유한 것이다.

76

역시 이와 같은 경치였던가!

1592년 2월 22일

아침에 공무를 본 뒤에 녹도鹿島(전남 고흥군 도양읍 봉암리)로 갔다. 황숙도
黃叔度도 같이 갔다. 먼저 흥양의 전선을 짓는 곳에 이르러 배와 집기류
를 직접 점검하고, 그 길로 녹도로 갔다. 곧장 새로 쌓은 봉우리 위의
문 다락으로 올라가 보니, 경치의 빼어남이 이 근방에서는 으뜸이었다.
만호의 애쓴 흔적이 손 닿지 않은 곳이 없었다. 흥양 현감과 능성 현감
황숙도 및 만호와 함께 취하도록 마시고, 겸하여 대포 쏘는 것도 보았
다. 촛불을 밝히고도 이슥해져서야 헤어졌다.

1592년 2월 23일 흐림

늦게야 배를 타고 출발하여 발포鉢浦(전남 고흥군 도화면 발포리)에 이르자,
맞바람이 세게 불어 배가 갈 수가 없었다. 간신히 성 앞에 대고는 배에
서 내려 말을 타고 갔다. 비가 몹시 쏟아져 일행 모두가 꽃비에 흠뻑 젖
었다. 발포로 들어가니 해는 벌써 저물었다.

1592년 2월 24일

가랑비가 온 산에 내려 한 치 앞도 분간할 수 없었다. 비를 무릅쓰고 길
을 떠나 마북산馬北山(전남 고흥군 포두면) 아래의 사량에 이르러, 배를 타고
노질을 재촉했다. 사도蛇渡(전남 고흥군 영남면 금사리)에 이르니, 흥양 현감
이 먼저 와 있었다. 전선을 점검하고 나니 날이 저물었으므로 그대로

머물러 잤다.

1592년 2월 25일 흐림

여러 가지 전쟁 방비에 문제가 많아 군관과 색리*들에게 벌을 주었다.
첨사는 잡아들이고 교수*는 내보냈다. 이곳의 방비가 다섯 포구 가운데
가장 못한데도 순찰사가 포상하는 장계를 올려 그 죄상을 조사조차 못
했으니 가소로운 일이다. 맞바람이 세게 불어 출항할 수가 없어서 그대
로 머물러 잤다.

1592년 2월 26일

아침 일찍 출항하여 개이도에 이르니, 여도 배와 방답의 마중하는 배가
나와서 기다리고 있었다. 날이 저물어서야 방답에 이르러 인사를 마치
고는 무기를 점검했다. 장전과 편전은 쓸 만한 것이 하나도 없어 고민
했으나 전선은 좀 온전한 편이라 기뻤다.

1592년 2월 27일 흐림

아침에 점검을 마친 뒤에 북쪽 봉우리에 올라가 지형을 살펴보니, 깎아
지른 외딴섬인지라 사방에서 적의 공격을 받을 수 있고, 성과 해자 또
한 매우 엉성하여 참으로 근심이 되었다. 첨사가 애쓰기는 했으나 미처
시설을 못 했으니 어찌하랴. 느지막이 배를 타고 경도京島(전남 여수시 경호
동 대경도)에 이르니, 아우 여필과 조이립, 군관, 우후 등이 술을 싣고 마
중 나왔다. 이들과 함께 마시며 즐기다가 해가 넘어간 뒤에야 관청으로

돌아왔다.

1592년 3월 1일

망궐례를 행했다. 식사를 한 뒤에 별방군과 정규군을 점검하고, 하번군*
은 점검하고 나서 돌려보냈다. 공무를 마친 뒤에 활 10순을 쏘았다.

1592년 3월 2일 흐리고 바람 붊

나라 제삿날(중종의 계비 장경 왕후 윤씨의 제삿날)이라 공무를 보지 않았다.
승군* 100명이 돌을 주웠다.

1592년 3월 4일 맑음

아침에 조이립을 배웅하고 객사 대청에 나가 공무를 본 뒤에 서문 밖
해자와 성을 더 올려 쌓는 곳을 순시했다. 승군들이 돌 줍는 일을 성실
히 하지 않기에 우두머리 승려를 잡아다가 곤장을 쳤다. 아산에 문안
갔던 나장이 돌아왔다. 어머니께서 편안하시다 하니 다행이다.

1592년 3월 5일 맑음

동헌에 나가 공무를 보았다. 군관들은 활을 쏘았다. 저물녘에 서울 갔

색리色吏 감영(監營)이나 군아(郡衙)에서 돈과 곡물의 출납, 관리를 맡아보던 아전
교수敎授 지방 유생(儒生)의 교육을 맡아보던 종육품 벼슬. 향교(鄕校)를 지도하기 위하여 부(府)와 목
(牧)에 두었다.
하번군下番軍 순번이 바뀌어 교대 근무를 마치고 나오는 군사
승군僧軍 승려들로 조직된 군대

79

던 진무가 돌아왔다. 좌의정 유성룡의 편지와 『증손전수방략增損戰守方略』이라는 책을 가지고 왔다. 이 책을 보니 수전·육전·화공전 등 모든 싸움의 전술을 낱낱이 설명했는데, 참으로 만고에 훌륭한 책이다.

1592년 3월 6일 맑음

아침밥을 먹고 난 뒤 출근하여 군기물을 점검했다. 활·갑옷·투구·전통·환도* 등이 깨지고 헐어서 제대로 되지 않은 것이 많았기에 색리·궁장*·감고* 등의 죄를 따졌다.

1592년 3월 12일 맑음

식사를 한 뒤에 배 있는 곳으로 나가 경강선*을 점검했다. 다시 배를 타고 소포召浦(전남 여수시 종화동 종포)로 나가는데, 때마침 샛바람이 세게 불고 격군도 없어 도로 돌아왔다. 곧바로 동헌에 나가 공무를 본 뒤에 활 10순을 쏘았다.

1592년 3월 15일 흐리며 가랑비 오다가 저녁나절에 갬

수루 위에 앉아서 활을 쏘고, 군관들에게는 편을 갈라 활을 쏘게 했다.

환도還刀 칼집에 끈을 묶어 허리에 차고 다니던 칼
궁장弓匠 활과 화살을 만드는 일을 맡아하던 장인
감고監考 정부의 재정 부서에서 전곡(錢穀) 출납의 실무를 맡거나, 지방의 세금 및 공물의 징수를 담당하던 벼슬아치. 여기서는 무기 검열자를 말한다.
경강선京江船 서울 한강에 근거를 두고 지방을 오가는 배

1592년 3월 20일 비가 많이 내림

늦게 동헌에 나가 공무를 보고, 각 관방의 회계를 살폈다. 순천 관내를 수색하는 일이 제 날짜에 미치지 못했기 때문에 대장·색리·도훈도 등의 잘못을 추궁해 따졌다. 사도첨사에게도 만날 일로 공문을 보냈는데, 혼자서 수색하고 검토했다고 한다. 또 반나절 동안에 내나로도內羅老島(전남 고흥군 동일면), 외나로도外羅老島(전남 고흥군 봉래면)와 대평도, 소평도(전남 고흥군 산내면과 봉래면 사이)를 모두 다 수색하고 그날로 돌아왔다고 하니, 너무도 엉터리였다. 이를 바로잡으려고 흥양 현감과 사도 첨사에게 공문을 보냈다. 몸이 몹시 불편하여 일찍 들어왔다.

1592년 3월 22일 맑음

성 북쪽 봉우리 아래에 도랑을 파는 일로 우후와 군관 10명을 나누어 보냈다. 식사를 한 뒤 동헌에 나가 공무를 보았다.

1592년 3월 23일 아침에는 흐리고 저녁에는 맑음

식사를 한 뒤 동헌에 나가 공무를 보았다. 보성에서 올 널빤지가 아직 안 들어왔기에 색리에게 다시 공문을 보내어 독촉했다. 순천에서 심부름꾼으로 온 소국진蘇國進에게 곤장 80대를 쳤다. 순찰사가 편지를 보냈는데, "발포 권관은 군사를 거느릴 만한 재목이 못 되므로 갈아 치워야겠다"고 하기에, 아직 갈지 말고 그대로 유임하여 방비에 전념하게 해 달라고 답장을 보냈다.

1592년 3월 24일

나라 제삿날(세종의 비 소현 왕후 심씨의 제삿날)이라 공무를 보지 않았다. 우후가 수색한 뒤 무사히 돌아왔다. 순찰사와 도사의 답장을 송희립宋希立이 함께 가져왔다. 순찰사의 편지를 보니, "영남 관찰사 김수의 편지에 '대마도 도주島主 종의지宗義智의 공문에, 벌써 대마도 배 한 척을 귀국(조선)에 보냈는데 만일 도착하지 않았다면 풍랑에 부서졌을 것이라고 했다'는 것이다. 그 말이 매우 음흉하다. 동래에서 서로 바라다보이는 바다인데 그럴 리가 만무하며, 말을 이렇게 거짓으로 꾸며 대니 그 간사함을 헤아리기 어렵다"고 했다.

1592년 3월 25일 맑았으나 바람이 세게 붊

동헌에 나가 공무를 본 뒤에 활 10순을 쏘았다. 경상 병사가 평산포平山浦(경남 남해군 남면 평산리)에 도착하지 않고 곧장 남해로 간다고 한다. 나는 그를 만나지 못한 것이 유감스럽다는 뜻으로 답장을 보냈다. 새로 쌓은 성을 순시해 보니 남쪽이 아홉 발이나 무너져 있었다.

1592년 3월 27일 맑고 바람조차 없음

일찍 아침밥을 먹은 뒤 배를 타고 소포에 이르러 쇠사슬을 가로질러 건너 매는 것을 감독하고, 종일 나무 기둥 세우는 것을 바라보았다. 겸하여 거북선에서 대포 쏘는 것도 시험했다.

1592년 3월 28일 맑음

동헌에 나가 공무를 보았다. 활 10순을 쏘았는데 5순은 잇따라 다 맞고, 2순은 네 번 맞고, 3순은 세 번 맞았다.

1592년 4월 1일 흐림

새벽에 망궐례를 행했다. 공무를 본 뒤에 활 15순을 쏘았다. 별조방군을 점검했다.

1592년 4월 6일 맑음

진해루鎭海樓(전남 여수시 군자동 진남관 터)로 나가 공무를 본 뒤에 군관을 시켜 활을 쏘게 했다. 아우 여필을 배웅했다.

1592년 4월 9일 아침에 흐리더니 저녁에야 갬

동헌에 나가 공무를 보았다. 군관들이 활을 쏘았다. 광양 현감 어영담이 수색에 대한 일로 배를 타고 왔다가 저물어서 돌아갔다.

1592년 4월 11일 아침에 흐리더니 저녁에야 갬

공무를 본 뒤에 활을 쏘았다. 순찰사의 편지와 별록을 순찰사의 군관이 가져왔다. 비로소 베로 돛을 만들었다.

1592년 4월 12일 맑음

식사를 한 뒤에 배를 타고 거북선의 지자포°와 현자포°를 쏘았다. 순찰

사의 군관 남한南侃이 살펴보고 갔다. 정오에 동헌으로 나가 활 10순을
쏘았다. 관청으로 올라갈 때 노대석*을 보았다.

지자포地字砲 천(天), 지(地), 현(玄), 황(黃) 자 총통 중에서 외형이 천자총통 다음으로 큰 중화기
현자포玄字砲 천자총통과 지자총통 다음 단계의 중화기
노대석路臺石 관청이나 개인 집 대문 앞에 놓는 큰 돌로, 말을 타거나 내릴 때 이용한다.

6장
진중 생활, 군법을 엄격히 시행하다

1592년 1월 16일 맑음

동헌에 나가 공무를 보았다. 각 고을의 벼슬아치와 색리 등이 인사를
하러 왔다. 방답의 병선을 맡은 군관들과 색리들이 병선을 수리하지 않
아 곤장을 쳤다. 우후와 가수˙ 역시 점검하지 않아서 이 지경까지 이른
것이니 해괴하기 짝이 없다. 자기 몸만 살찌울 생각을 하고 이와 같이
돌보지 않으니, 앞날의 일도 알 만하다. 성 밑에 사는 토병˙ 박몽세朴夢
世는 석수˙인데, 선생원先生院에서 쇠사슬 박을 돌 뜨는 곳에 갔다가 이
웃집 개에게까지 피해를 입혔으므로 곤장 80대를 쳤다.

1593년 6월 8일 잠깐 맑다가 바람이 순하지 않게 붊

아침에 영남 수사 우후 이의득이 군관을 보내어 살아 있는 전복을 선사
하기에 구슬 30개를 답례로 보냈다. 나대용이 병 때문에 본영으로 돌아

갔다. 병선 진무 유충서柳忠恕도 교체되어 육지로 올라갔다. 광양 현감이 오고 소비포 권관도 왔다. 광양 현감이 소고기를 내와서 같이 먹었다. 탐후선이 들어왔다. 각 고을의 담당 서리 11명을 처벌했다. 옥과의 향소*는 전년부터 군사 다스리는 일을 엄격히 하지 않았다. 그 때문에 결원을 많이 내어 거의 100여 명에 이르렀는데도 매양 속이고 허위 보고를 했다. 그래서 오늘은 향소의 관리를 사형에 처하여 목을 높이 매달아 보였다. 거센 바람은 그치지 않고 마음이 괴롭고 어지러웠다.

1593년 6월 18일 비가 오다 개다 함

아침에 탐후선이 들어왔는데, 닷새 만이었다. 매우 잘못되었기에 곤장을 쳐서 보냈다. 오후에 경상 우수사 원균의 배로 가서 같이 앉아 군사일을 의논했다. 연거푸 한 잔씩 마시다가 취기가 심해져서 돌아왔다.

1593년 6월 22일 맑음

전선을 만들기 위해 자귀*질을 시작했는데, 목수가 214명이다. 물건 나르는 사람은 본영에서 72명, 방답에서 35명, 사도에서 25명, 녹도에서 15명, 발포에서 12명, 여도에서 15명, 순천에서 10명, 낙안에서 5명, 흥

가수假守　임시 관리
토병土兵　일정한 지역에 붙박이로 사는 사람들로 조직된 그 지방의 군사
석수石手　돌을 다루어 물건을 만드는 사람
향소鄕所　유향소(留鄕所). 지방의 수령을 보좌하던 자문 기관으로 풍속을 바로잡고 향리를 감찰하며, 민의를 대변했다.
자귀　나무를 깎아 다듬는 연장의 하나. 나무 줏대 아래에 넓적한 날이 있는 투겁을 박고, 줏대 중간에 구멍을 내어 자루를 가로 박아 만든다.

양과 보성에서 각 10명이 왔다. 방답에서는 처음에 15명을 보냈기에 군관과 색리를 처벌했는데, 그 정황이 몹시 간교했다. 제2호 지휘선의 무상* 손걸孫乞을 본영으로 돌려보냈는데, 못된 짓을 많이 하고 다니다가 갇혔다고 한다. 그래서 붙잡아 오라고 했더니 먼저 들어와서 인사하므로, 제 맘대로 드나든 죄를 다스리고 그와 함께 우후의 군관 유경남柳景男도 처벌했다. 오후에 가리포첨사 이응표李應彪가 왔다. 적량의 고여우高汝友와 이효가李孝可도 왔다. 저녁에 소비포 권관 이영남李英男이 와서 만났다. 초저녁에 영등포의 망보는 군사가 와서 보고하기를, "별다른 소식은 없고 적선 2척이 온천溫泉(칠천도)에 들어와 정탐하고 돌아갔다"고 했다.

1594년 2월 2일 맑음

아침에 도망가는 군사를 실어 내던 사람들의 죄를 벌했다. 사도 첨사가 와서 전하기를, 낙안 군수가 파면되었다고 했다. 느지막이 활터 정자로 올라갔다. 동궁에게 올린 보고서의 회답이 왔다. 각 관청과 포구의 공문을 처리하여 보냈다. 활 10순을 쏘았다. 바람이 잔잔하지 않았다. 사도 첨사가 약속한 기한에 오지 못했으므로 처벌했다.

1594년 2월 18일 맑음

아침에 배 첨지가 오고 가리포 첨사가 왔다. 식사를 한 뒤에 활터 정자로 올라가 해남 현감 위대기魏大器에게 명령을 거역한 죄로 벌을 주었다. 우도의 여러 장수가 임무를 받은 뒤에 활 두어 순을 쏘았다. 오후에

88

우수사가 왔다. 마침 원 수사와 함께 심하게 취했기에 일일이 대화를 나누지 못했다. 초저녁에 가랑비가 내리더니 밤새 계속 내렸다.

1594년 4월 16일 맑음

아침밥을 먹은 뒤에 활터 정자로 올라가 쌓인 공문을 처리하여 보냈다. 경상 수사 원균의 군관 고경운과 도훈도, 그리고 변고에 대비하는 색리와 영리*를 잡아다가 지휘에 응하지 않고 적의 변고를 빨리 보고하지 않은 죄로 곤장을 쳤다. 저녁에 송두남宋斗男이 서울에서 내려왔는데, 장계에 따라 낱낱이 명령을 받은 대로 시행했다.

1594년 5월 30일 흐리되 비는 오지 않음

아침에 왜적들과 도망가자고 꾄 광양 1호선 군사와 경상도 포작 3명을 처벌했다. 경상 우후가 보러 오고 충청 수사도 왔다.

1594년 6월 20일 맑음

충청 수사가 와서 만난 뒤 활을 쏘았다. 박치공朴致恭이 와서 서울로 간다고 말했다. 마량 첨사 강응호姜應虎도 왔다. 저녁에 영등포 만호 조계종이 본포인 영등포로 물러나 있었던 죄를 다스렸다. 탐후선으로 이인원李仁元이 들어왔다.

무상無上 전선의 운항과 관계된 직책
영리營吏 감영·군영·수영에 속하여 있던 서리

1594년 7월 9일 바람이 셈

아침에 충청 우후가 교서에 숙배*했다. 느지막이 순천, 낙안, 보성의 군관과 색리들이 격군에 대한 일을 소홀히 한 죄에 대해 처벌하고, 아울러 기일을 어긴 죄를 문책했다. 가리포 만호, 임치 첨사, 소근포 만호, 마량 첨사, 고성 현령이 함께 왔다. 낙안의 군량 벼 200섬을 받았다.

1594년 8월 1일 비가 계속 버리고 바람이 셈

몸이 몹시 불편하여 수루의 방으로 옮겨 앉았다가 곧 동헌의 방으로 돌아왔다. 저녁에 낙안 군수가 강집姜緝을 데려다가 군량을 독촉하는 일로 군율에 따라 문초한 뒤 보냈다. 비가 종일 내리더니 밤새 계속 내렸다.

1594년 8월 4일 비가 뿌리다가 늦게 갬

충청 수사, 순천 부사, 발포 만호 등이 함께 와서 활을 쏘았다. 수루의 방 도배를 마쳤다. 경상 수사의 군관과 색리들이 명나라 장수를 접대할 때에 여자들에게 떡과 음식을 머리에 이고 오게 했다는 일 때문에 처벌했다. 화살장이 박옥朴玉이 와서 대나무를 가져갔다. 이종호李宗浩가 안수지安守智 등을 잡아 오려고 흥양으로 갔다.

1594년 8월 26일 맑음

아침에 각 관청과 포구의 공문을 처리하여 보냈다. 흥양 포작 막동이란

숙배肅拜 삼가 정중하게 절한다는 뜻으로, 윗사람에게 하는 편지 끝에 쓰는 말

자가 장흥의 군사 30명을 몰래 그의 배에 싣고 도망간 죄로 처형하여 효수했다. 저녁때 활터 정자에 올라가 활을 쏘았다. 충청 우후도 와서 같이 쏘았다.

1594년 9월 11일 맑음

일찍이 수루에 나가 남평의 색리와 순천의 격군으로서 세 번이나 양식을 훔친 자를 처형했다. 각 관청과 포구에 공문을 처리하여 보냈다. 저녁때에 충청 수사가 와서 만나 봤다. 소비포 권관은 달밤을 이용하여 본포로 돌아갔다. 원 수사가 몹시 모함하려고 하기 때문이다.

1595년 4월 29일

새벽 2시쯤에 비가 오더니, 아침 6시쯤에 깨끗이 개었다. 해남 현감과 인사를 마친 뒤에, 하동 현감은 두 번이나 약속했으나 오지 않기에 곤장 90대를 때렸고, 해남 현감은 곤장 10대를 때렸다. 미조항 첨사는 휴가를 갔다. 세 조방장과 함께 이야기했다. 노윤발盧潤發이 미역 99동을 따 가지고 왔다.

1595년 6월 16일 맑음

나가서 공무를 보았다. 순천 7호선의 장수 장일張溢이 군량을 훔치다가 잡혀 왔으므로 처벌했다. 오후에 두 조방장, 미조항 첨사 등과 함께 활 7순을 쏘았다.

1595년 6월 24일 맑음

우도의 각 관청과 포구에 있는 전신의 부정 사실을 조사했다. 음탕한 계집 12명을 잡아다가 그 대장과 함께 처벌했다. 느지막이 침을 맞아 활을 쏘지 못했다. 허주許宙와 조카 해가 들어오고 전마戰馬도 왔다. 기성백奇誠伯의 아들 기징헌奇澄憲이 그의 서숙부 기경충奇景忠과 함께 왔다.

1596년 2월 13일 맑음

식사를 한 뒤에 공무를 보았다. 강진 현감의 기일 어긴 죄를 벌했다. 가리포 첨사는 보고하고 늦게 왔으므로 타일러서 내보냈다. 영암 군수를 파면시킬 장계의 초안을 잡았다. 저녁에 어란포 만호가 돌아갔다. 임달영任達英도 돌아갔다. 제주 목사에게 청어, 대구, 화살대, 곶감, 삼색부채를 보냈다.

1596년 3월 1일 맑음

새벽에 망궐례를 행했다. 아침에 경상 수사가 와서 이야기하고 돌아갔다. 느지막이 해남 현감 유형柳珩, 임치 첨사 홍견洪堅, 목포 만호 방수경方守慶에게 기일 어긴 죄를 벌했다. 해남 현감은 새로 부임해 왔으므로 곤장을 치지 않았다.

1596년 3월 11일 흐림

조카 해, 회, 완과 수원壽元 등이 계집종 3명과 함께 나갔다. 이날 저녁에 방답 첨사가 성낼 일도 아닌데 공연히 성을 내어, 지휘선의 무상인

흔전자欣田子에게 곤장을 쳤다니 참으로 놀라운 일이다. 이에 곧 군관과 이방을 불러 군관에게는 20대, 이방에게는 50대의 곤장을 쳤다. 느지막이 전임 천성 만호가 하직한 뒤 돌아가고, 새로 부임하는 천성 만호는 체찰사의 공문에 의해 병사에게 체포되어 있다. 나주 판관도 왔기에 술을 먹여서 보냈다.

1596년 6월 20일 맑음

어제 아침 곡포 권관 장후완蔣後琓이 교서에 숙배한 뒤에 평산포 만호에게 진작 진에 도착하지 않은 까닭을 문책하니, 기일을 정해 주지 않았기 때문에 50여 일을 물러나 있었다고 답했다. 해괴하기 짝이 없어 곤장 30대를 쳤다. 한낮에 남해 현령이 들어와 교서에 숙배한 뒤에 같이 이야기하고 활을 쏘았다. 충청 우후도 와서 활 15순을 쏘았다. 다시 안으로 들어가 박대남朴大男과 자세히 이야기하다가 밤이 깊어서야 헤어졌다. 임달영도 왔는데, 소를 거래한 견적서와 제주 목사의 편지를 가지고 왔다.

1596년 7월 16일 새벽에 비 오다가 늦게 갬

북쪽으로 툇마루 3칸을 만들었다. 이날 충청도 홍주의 격군으로 신평에 사는 사노비 엇복�?이 도망가다 붙잡혔기에 목을 베어 내다 걸었다. 하동 현감과 사천 현감이 왔다. 느지막이 활을 쏜 것이 세 번 적중했다. 이날 저녁, 바다의 달빛이 하도 밝아서 혼자 수루 위에 기대었다. 밤 10시쯤에야 잠자리에 들었다.

철저한 관리, 공무에 충실하다

1592년 1월 30일 흐리되 비는 오지 않음

초여름과도 같이 따뜻했다. 동헌에 나가 공무를 보고 난 뒤에 활을 쏘
았다.

1592년 2월 2일 맑음

동헌에서 공무를 보았다. 쇠사슬을 걸어 매는 데 필요한 크고 작은 돌
80여 개를 실어 왔다. 활 10순을 쏘았다.

1592년 2월 3일 맑음

새벽에 우후가 각 포구의 부정한 사실을 조사하기 위해 배를 타고 나갔
다. 공무를 마친 뒤에 활을 쏘았다. 탐라 사람이 자녀 여섯 식구를 거느
리고 도망쳐 나와 금오도에 머물다가 방답 경비선에 붙잡혔다고 보고

해 왔다. 그래서 자백을 받고 승평昇平(전남 순천시)으로 보내어 가두라고 공문을 써 보냈다. 저녁에 화대석* 네 개를 실어 올렸다.

1592년 3월 7일 맑음
동헌에 나가 공무를 본 뒤에 활을 쏘았다.

1592년 3월 10일 맑으나 바람이 붊
동헌에 나가 공무를 본 뒤에 활을 쏘았다.

1592년 4월 13일 맑음
동헌에 나가 공무를 본 뒤에 활 15순을 쏘았다.

1592년 4월 14일 맑음
동헌에 나가 공무를 본 뒤에 활 10순을 쏘았다.

1596년 6월 2일 비가 그치지 않음
아침에 우후가 방답 첨사에게 갔다. 비인庇仁 현감 신경징申景澄이 나갔다. 이날 가죽으로 아랫도리옷을 만들었다. 늦게 나가 공무를 보고 활 10순을 쏘았다. 편지를 써서 본영으로 보냈다.

화대석火臺石 나무나 놋쇠로 촛대 비슷하게 만든, 등잔을 걸어 놓는 기구에 쓰는 돌

1596년 6월 4일 맑음

식사를 한 뒤에 나가서 공무를 보았다. 가리포 첨사, 임치 첨사, 남도포 만호, 충청 우후, 홍주 판관 등이 왔다. 활 7순을 쏘았다. 우수사가 와서 다시 과녁을 그려 붙이고 활 12순을 쏘았다. 취해서 헤어졌다.

1596년 6월 5일 흐림

아침에 박옥, 무재, 옥지玉只 등이 연습용 화살 150개를 만들어 바쳤다. 나가서 공무를 보고 활 10순을 쏘았다. 경상 우도 감사의 군관이 편지를 가져왔는데, 감사는 혼사가 있어 서울로 올라갔다고 한다.

1596년 6월 7일 아침에 흐리다가 저녁나절에 갬

늦게 나가 충청 우후 등과 함께 활 10순을 쏘았다. 이날 왜군의 조총 값을 주었다.

1596년 6월 8일 맑음

일찍 나가 활 15순을 쏘았다. 남도포 만호의 소실인 본포 사람이 허씨 집으로 뛰어 들어가서 강짜 싸움을 했다고 했다.

1596년 6월 9일 맑음

일찍 나가서 충청 우후, 당진 만호, 여도 만호, 녹도 만호 등과 활을 쏠 때에 경상 수사가 와서 같이 활 20순을 쏘았다. 경상 수사가 잘 맞혔다. 이날 일찍이 종 금이金伊가 본영으로 갔고, 옥지도 갔다. 이날 저녁에 몸시 더워서 땀을 수시로 흘렸다.

1596년 6월 11일 비 오다가 저녁나절에 갬

활 10순을 쏘았다.

1596년 6월 12일 맑음

심한 더위가 찌는 듯했다. 충청 우후 등을 불러 활 15순을 쏘았다. 남해 현감의 편지가 왔다.

1596년 6월 13일 맑음

경상 수사가 술을 가지고 와서 활 15순을 쏘았다. 경상 수사가 매우 잘 맞혔지만 김대복金大福이 일등을 했다.

1596년 6월 15일 맑음

새벽에 망궐례를 행했다. 우수사, 가리포 첨사, 나주 판관 등은 병으로 오지 못했다. 늦게 나가 공무를 보고, 충청 우후와 조방장 김완 등 여러 장수를 불러서 활 15순을 쏘았다. 이날 일찍 부산 허내은만許內隱萬이 와서 왜군의 정보를 전하기에 군량을 주어 돌려보냈다.

1596년 6월 16일 맑음

오후 늦게 경상 수사가 와서 이야기했다. 나가서 공무를 보고 활 10순을 쏘았다. 저녁에 김붕만金鵬萬과 배승연裵承鍊 등이 돗자리를 사 가지

고 진에 왔다.

1596년 6월 17일 맑음

오후 늦게 우수사가 왔다. 활 15순을 쏘고 헤어졌다. 수사는 술을 마시지
않았다. 충청 수사는 아버지의 제삿날이라 거망포로 간다고 보고했다.

1596년 6월 18일 맑음

저녁나절에 나가 활 15순을 쏘았다.

1596년 6월 19일 맑음

체찰사에게 공문을 써 보냈다. 늦게 나가서 공무를 보고 활 15순을 쏘
았다. 이설李渫에게서 황정록黃廷祿의 형편없는 말을 들었다. 발포 보리
밭에서 보리 26섬을 수확했다고 한다.

1596년 6월 24일 맑음

아침에 일찍 나가서 충청 우후와 함께 활 15순을 쏘았다. 경상 수사도
와서 같이 쏘았다. 남해 현감은 자기 고을로 돌아갔다. 항복한 왜군 야
여문也汝文 등이 동료인 신시로信是老를 죽이자고 청하기에 처형하라고
명령을 내렸다. 남원의 김굉金轒이 군량을 축낸 데 대해 증빙 자료를 얻
으려고 이곳으로 왔다.

1596년 6월 25일 맑음

아침 일찍 나가서 공문을 처리하여 보냈다. 조방장, 충청 우후, 임치 첨사, 목포 만호, 마량 첨사, 녹도 만호, 당포 만호, 회령포 만호, 파지도 권관 등이 왔다. 철전 5순, 편전 3순, 활 5순을 쏘았다. 남원의 김굉이 아뢰고 돌아갔다. 이날 어두워질 무렵에 몹시 더워 땀을 흘렸다.

1596년 6월 26일 비

늦게 나가 공무를 보고, 철전과 편전을 각 5순씩 쏘았다. 왜인 난여문亂汝文 등이 말하는 목수의 아내에게 곤장을 쳤다. 이날 낮에 망아지 두 필의 편자가 떨어졌다.

1596년 6월 27일 맑음

나가서 공무를 보고, 조방장 김완, 충청 우후, 가리포 첨사, 당진포 만호, 안골포 만호 등과 함께 철전 5순, 편전 3순, 활 7순을 쏘았다. 이날 저녁에 송구宋述를 잡아 가두었다.

1596년 6월 29일 아침에 흐리다가 저물어서 갬

늦게 나가 공무를 본 뒤에 조방장, 충청 우후, 나주 통판과 함께 철전, 편전, 활을 도합 18순 쏘았다. 무더위가 찌는 듯했다. 초저녁에 땀이 줄줄 흘렀다. 남해 현감의 편지가 오고 야여문이 돌아갔다.

1596년 7월 3일 맑음

아침밥을 먹은 뒤 순찰사와 도사가 이 진영에 와서 활을 쏘았다. 순찰사 편이 또 졌다. 밤이 깊어서야 돌아갔다. 아침에 체찰사의 공문이 왔다.

1596년 7월 5일 맑음

늦게 나가 활을 쏘았다. 충청 우후 원유남元裕男도 와서 같이 쏘았다.

1596년 7월 6일 맑음

일찍 나가 각지의 공문을 작성하여 보냈다. 저물녘에 거제 현령, 웅천 현감, 삼천포 권관이 와서 만났다. 이곤변李鯤變의 편지가 왔는데, 사연 중에 입석*이 잘못되었다는 말이 많았다. 우스운 일이다.

1596년 7월 7일 맑음

경상 우수사 권준, 우수사 이억기와 여러 장수가 함께 와서 잠깐 활쏘기를 했는데, 세 번 명중시켰다. 종일 비는 오지 않았다. 저녁때 궁장 지이智伊와 춘복春卜이 본영으로 돌아갔다.

1596년 7월 9일 맑음

아침에 체찰사에게 갈 여러 가지 공문에 관인을 찍어서 이전李田이 가지고 갔다. 느지막이 경상 수사가 이곳에 와서 통신사가 탈 배에 풍석*을 마련하기가 어렵다는 말을 많이 했다. 우리 것을 빌려 썼으면 하는 속셈이 말 속에 엿보였다. 물을 끌어들이는 데 쓸 대나무와 서울 가는 사람이 요구하는 부채를 만들 대나무를 얻어 오려고 박자방朴自邦을 남해로 보냈다. 오후에 활 10순을 쏘았다.

1596년 7월 11일 맑음

아침에 체찰사에게 통문을 전하는 배에 관한 일로 공문을 만들어 보냈다. 느지막이 경상 수사가 와서 바다를 건너갈 격군들에 대해 의논했다. 또 그들의 길 양식으로 벼 23섬을 찧는 것이 21섬이 되어 2섬 1말이 줄었다. 나가서 공무를 보고, 활을 쏘아 세 번 적중한 것을 보았다.

1596년 7월 12일 맑음

새벽에 비가 잠시 뿌리다가 곧 그치고, 무지개가 잠시 떠 있었다. 느지막이 경상 우후 이의득이 와서 뜸 15닢을 빌려 갔다. 부산으로 실어 보낼 군량으로 백미 20섬, 중등미 40섬을 차사원 변익성邊翼星과 수사 군관 정존극鄭存極이 받아 갔다. 조방장이 오고, 충청 우후도 와서 활을 쏘았다. 같은 해에 과거에 급제한 남치온南致溫도 왔다.

1596년 7월 13일 맑음

명나라 사신을 따라갈 우리나라 사신들이 탈 배 3척을 정비하여 떠나보냈다. 느지막이 활 13순을 쏘았다. 어두워질 무렵 항복해 온 왜인들이

입석立石 돌로 만든 비갈(碑碣)이나 이정표 따위를 세움. 또는 그 돌을 말한다.
풍석風席 돛을 만드는 데 쓰는 돗자리

광대놀이를 벌였다. 장수 된 자로서는 그냥 두고 볼 일은 아니었지만, 귀순하여 따르는 왜인들이 마당놀이를 간절히 바라기에 금하지 않았다.

1596년 7월 29일 맑음

경상 수사와 우후가 와서 만나 봤다. 충청 우후도 함께 와서 활을 쏘아 세 번 적중시켰는데, 내가 쏘던 활은 고자*가 들떠서 곧 수리하라고 명했다. 체찰사로부터 과거 시험장을 설치한다는 공문이 도착했다. 저녁때 들으니 점쟁이의 집을 보던 아이가 그 집의 여러 가지 물건을 몽땅 훔쳐 달아났다고 했다.

1596년 8월 1일 맑음

새벽에 망궐례를 행했다. 충청 우후, 금갑도 만호, 목포 만호, 첨도 첨사, 녹도 만호가 와서 참석했다. 느지막이 파지도 권관 송세응宋世應이 돌아갔다. 오후에 활터로 가서 말을 달리다가 저물어서야 돌아왔다. 부산에 갔던 정언수鄭彦守가 돌아와서 통신사의 회답 편지를 전했다. 어두워질 무렵 비 올 징조가 많았기에 비 오기 전 준비할 일들을 지시했다.

1596년 8월 2일 아침에 큰비

지이 등에게 새로 만든 활을 폈다가 굽혔다가 해 보라고 했다. 늦게 거센 바람이 크게 불고 빗줄기가 삼대같이 굵어졌다. 그 바람에 대청마루에 걸어 놓은 바람막이가 날아가 방 마루 바람막이에 부딪혀 한꺼번에 바람막이 두 개가 산산조각 부서졌다. 아깝다.

지이에게 새로 만든 활을 펴 보게 했다. 조방장과 충청 우후가 와서 만
난 뒤, 그대로 나가 활을 쏘아 적중시켰다. 아들들이 육냥궁*을 쏘았다.
이날 늦게 송희립과 아들들을 시켜 이름이 기록된 황득중黃得中, 김응겸
金應謙에게 허통*하는 증명서를 만들어 주게 했다. 초저녁에 비가 오다
가 새벽 2시쯤에야 그쳤다.

고자　활의 양 끝에 시위를 맨 휘어진 부분
육냥궁六兩弓　무게가 6냥인 활
허통許通　천인이나 서얼에게 벼슬길에 오를 수 있도록 허가해 주는 제도

4부
인간으로 고뇌하다

"밤이 깊도록 즐거이 뛰놀게 한 것은 굳이 즐겁게만 하려고
한 것이 아니요, 오랫동안 고생하는 장병들에게
그 수고를 풀어 주고 싶기 때문이다."

"지나온 지역이 온통 쑥대밭같이 폐허가 되어 그 참상한 꼴을
눈으로 차마 볼 수가 없었다. 우선 전천을 정비하는 것이라도
면제해 주어 군사와 백성의 피로를 풀어 주어야 하겠다."

8장
백성과 부하, 그들의 처지를 생각하다

1592년 2월 21일 맑음

공무를 본 뒤에 주인*이 자리를 베풀어 활을 쏘았다. 조방장 정걸이 와
서 인사를 하고, 능성 현감 황숙도도 와서 함께 술을 마셨다. 배수립裵秀
立도 나와 함께 술잔을 나누며 즐기다가 밤이 깊어서야 헤어졌다. 신홍
헌에게 술을 거르게 해 지난날 심부름하던 삼반하인*들에게 나누어 먹
이도록 했다.

1594년 1월 10일 맑음

아침에 남의길을 맞이하여 이야기하는데, 피난하면서 고생한 일을 들
으니 개탄스러움을 이기지 못하겠다.

1594년 1월 20일 맑으나 바람이 세게 불어 몹시 추음

각 배에서 옷을 갖춰 입지 못한 사람들이 거북이처럼 웅크리고 앉아 추위에 떠는 소리는 차마 듣지 못하겠다. 낙안 군수와 우수사 우후가 와서 만나 봤다. 느지막이 소비포 권관, 웅천 현감, 진해 현감도 왔다. 진해 현감은 명령을 거부하여 빨리 오지 않아서 꾸짖을 작정이었으므로 만나 보지 않았다. 바람이 자는 듯했지만 순천 부사가 들어올 일이 매우 염려되었다. 군량미 또한 도착하지 않았으니 이 또한 걱정이 되었다. 병들어 죽은 사람들을 거두어 장사 지낼 사람으로 녹도 만호를 정하여 보냈다.

1594년 1월 21일 맑음

아침에 본영의 격군 742명에게 술을 먹였다. 광양 현감이 들어왔다. 저녁에 녹도 만호가 와서 보고하는데, "병들어 죽은 시체 214구를 거두어서 묻었다"고 했다. 사로잡혔다가 도망쳐 나온 2명이 경상 우수사 원균의 진영에서 와서 적의 정세를 상세히 말하긴 했으나 믿을 수가 없었다.

1594년 4월 3일 맑음

오늘 여제*를 지냈다. 삼도의 군사들에게 술 1,080동이를 먹였다. 우수사와 충청 수사도 같이 앉아 군사들에게 먹였다. 날이 저물어서야 숙소

주인主人 조선 시대 때 각 감영(監營)에 딸려 각 군아(郡衙)와 감영 간의 연락을 취하던 이속(吏屬)
삼반하인三班下人 지방 관아에 딸린 군노(軍奴), 사령(使令), 급창(及唱) 등을 말한다.
여제 厲祭 나라에 역질이 돌 때에 여귀에게 지내던 제사. 봄철에는 청명에, 가을철에는 7월 보름에, 겨울철에는 10월 초하루에 지냈다.

로 내려왔다.

1594년 5월 16일 흐리고 가랑비가 내림

저녁에는 큰비가 내려 밤새도록 지붕이 새서 마른 데가 없었다. 각 배의 사람들이 거처하는 데 고생스러울까 매우 걱정되었다. 곤양 군수가 편지를 보냈고, 겸하여 사명당 유정惟政이 적진 안으로 왕래하면서 문답한 간단한 기록을 보내왔다. 이를 보니 분통함을 이길 수가 없었다.

1594년 5월 25일 비

충청 수사가 와서 이야기하고 돌아갔다. 소비포 권관도 왔다가 밤이 깊어서야 돌아갔다. 비가 조금도 그치지 않으니, 전쟁하는 군사들의 걱정하는 마음이야 오죽 답답하랴. 조카 해가 돌아갔다.

1595년 7월 16일 맑음

아침에 들으니 김대복의 병세가 몹시 위태롭다고 한다. 매우 마음이 아프고 걱정스럽다. 곧 송희립, 유홍근柳洪根을 시켜 치료하게 했으나, 무슨 병인지를 알지 못해 무척 답답하다. 늦게 나가 공무를 보았다. 순천의 정석주鄭石柱와 영광 도훈도 주문상朱文祥을 처벌했다. 저녁에 원수에게 가는 공문과 병사에게 가는 공문의 초안을 잡아 주었다. 미조항 첨사 성윤문과 사도 첨사 김완이 휴가 신청서를 제출하기에 성 첨사에게는 10일, 김 첨사에게는 3일을 주어 보냈다. 녹도 만호를 유임한다는 병조의 공문이 내려왔다.

1595년 8월 23일 맑음

체찰사가 있는 곳으로 가서 조용히 이야기하다 보니, 그는 백성을 위해서 고통을 덜어 주어야겠다는 생각이 많았다. 호남 순찰사는 헐뜯어 말하는 기색이 많아 한탄스럽다. 늦게 김응서와 같이 촉석루에 이르러 장병들이 패전하여 죽은 곳을 보니, 비통함을 이기지 못했다. 이윽고 체찰사가 나에게 먼저 가라고 하므로 배를 타고 소비포로 돌아와 정박했다.

1596년 1월 23일 맑음

바람이 찼다. 작은 형님 요신堯臣의 제삿날이라 나가지 않았다. 마음이 몹시 어지럽다. 아침에 헐벗은 군사 17명에게 옷을 주고는 여별로 옷한 벌씩을 더 주었다. 하루 종일 바람이 험했다. 저녁에 가덕에서 나온 김인복金仁福이 와서 인사하기에 적의 정세를 물어보았다. 밤 10시쯤에 아들 면, 조카 완莞, 그리고 최대성崔大晟, 신여윤申汝潤, 박자방朴自芳이 본영에서 왔다. 어머니께서 평안하시다는 편지를 받아 보니 기쁘기 그지없다. 종 경京도 왔다. 종 금金은 애수愛壽와 금곡金谷(충남 아산시 배방면 중리)에 사는 종 한성漢城, 공석孔石 등과 같이 왔다. 자정에서야 잠자리에 들었다. 눈이 두 치(60cm)나 내렸다. 근래에 없던 일이라고 한다. 이날 밤 몸이 몹시 불편했다.

1596년 2월 5일 아침에 흐리다가 늦게 갬

사도 첨사와 장흥 부사가 일찍 왔기에 같이 아침밥을 먹었다. 식사를 한 뒤에 권숙이 와서 돌아가겠다고 하므로 종이와 먹 두 개, 대검을 주어 보냈다. 느지막이 삼도의 여러 장수를 불러 모아 위로하는 음식을 먹이고, 겸하여 활을 쏘고 풍악을 잡히다가 취한 뒤에야 자리를 파했다. 웅천 현감이 손인갑孫仁甲과 좋아지내던 여인을 데려왔기에 여러 장수와 함께 가야금 몇 곡조를 들었다. 저녁에 김기실金己實이 순천에서 돌아왔는데, 그 편에 어머니께서 평안하시다는 소식을 알게 되어 기쁘고도 다행이다. 우수사의 편지가 왔는데 약속한 기한을 늦추자고 하니 우습고도 한심스러웠다.

1596년 2월 14일 맑음

늦게 나가 공무를 보고 장계 초안 잡은 것을 수정했다. 동복의 계향유사* 김덕린金德麟이 와서 인사했다. 경상 수사가 쑥떡과 초 한 쌍을 보내왔다. 새로 지은 곳간에 지붕을 잇고는 낙안 군수와 녹도 만호 등을 불러서 떡을 먹었다. 조금 있으니 강진 현감이 와서 인사하기에 위로하고 술을 먹었다. 저녁에 물을 부엌가로 끌어들여, 물 긷는 일을 편하게 했다. 이날 밤 바다의 달빛은 대낮 같고 물결 빛은 비단결 같은데, 혼자서 높은 수루에 기대어 있노라니 마음이 몹시 어지러워 밤이 깊어서야 잠자리에 들었다. 흥양의 계향유사 송상문宋象文이 와서 쌀과 벼를 합해 7섬을 바쳤다.

계향유사繼餉有司 군량 공급을 맡은 관리

1596년 3월 3일 맑음

새벽에 이원룡이 본영으로 돌아갔다. 느지막이 반관해潘觀海가 왔다. 정사립 등을 시켜 장계를 쓰게 했다. 이날은 삼짇날 명절이라 방답 첨사와 여도 만호, 녹도 만호, 남도포 만호 등을 불러 술과 떡을 먹었다. 일찍이 송희립을 우수사에게 보내어 뉘우치는 뜻을 전하니, 공손하게 대답하더라고 했다. 땀으로 젖었다.

1596년 3월 17일 흐리다가 종일 가랑비가 내리더니 밤새도록 그치지 않음

느지막이 나주 판관이 보러 왔기에 취하도록 술을 먹여 보냈다. 어두울 무렵에 박자방이 들어왔다. 이날 밤에 식은땀이 등을 적셔 옷 두 겹이 흠뻑 다 젖고 이부자리도 젖었다. 몸이 불편했다.

1596년 5월 5일 맑음

이날 새벽에 여제를 지냈다. 일찍 아침밥을 먹고 나가 공무를 보았다. 회령포 만호가 교서에 숙배한 뒤 여러 장수가 모여서 회의를 하고, 그대로 들어가 앉아서 위로하는 술잔을 4순배 돌렸다. 경상 수사는 술잔 돌리기가 한창일 때 씨름을 시켰는데, 낙안 군수 임계형林季亨이 으뜸이었다. 밤이 깊도록 이들이 즐겁게 마시고 뛰놀 수 있게 한 것은 나 자신만 즐기려는 것이 아니라 오랫동안 고생하는 장병들의 노고를 풀어 주기 위함에서였다.

1596년 5월 6일 아침에 흐렸다가 늦게 큰비

비가 와서 농민의 소망을 흡족하게 채워 주니 기쁘고 다행한 마음 이루 말할 수 없다. 비가 오기 전에 활 5, 6순을 쏘았다. 밤새도록 비가 그치지 않았다. 어두워질 무렵 총통과 숯을 넣어 둔 창고에 불이 나서 모두 타 버렸다. 감독관들이 새로 받은 숯을 쌓을 때 조심하지 않고 묵은 불씨를 살피지 않아서 이런 재난이 일어난 것이다. 참으로 한탄스럽다. 아들 울과 김대복이 같은 배로 나갔다. 비가 크게 쏟아졌는데 잘 갔는지 모르겠다. 밤새도록 앉아서 걱정했다.

1596년 윤 8월 14일 맑음

새벽에 두치豆恥(경남 하동읍 두곡리)에 이르니, 체찰사와 부사가 어제 벌써 와서 잤다고 한다. 뒤미처 점검하는 곳으로 가서 진주 소촌 찰방을 만나고 일찍 광양현에 이르렀다. 지나온 지역이 하나같이 쑥대밭이 되어 그 참상을 차마 눈 뜨고는 볼 수 없었다. 임시로나마 전선 정비하는 것을 면제해 주어 군사와 백성의 마음을 풀어 주어야겠다.

9장
고독한 인간, 번뇌어 빠지다

1593년 5월 13일 맑음

식사를 한 뒤 작은 산봉우리에 과녁을 매달아 놓고 순천 부사, 광양 현
감, 방답 첨사 및 우후와 발포 만호가 편을 갈라 활을 쏘아 승부를 겨루
다가 날이 저물어 배로 내려왔다. 밤에 들으니 영남 우수사에게 선전관
도언량都彦良이 왔다고 한다. 이날 저녁 달빛은 배에 가득 차고, 홀로 앉
아 이리저리 뒤척이니 온갖 근심이 가슴에 치밀었다. 잠을 이루지 못하
다가 닭이 울 때서야 선잠이 들었다.

1593년 6월 12일 비가 오다 갬

아침에 흰 머리카락 여남은 올을 뽑았다. 흰 머리카락이 난 것을 어찌
싫어하랴만, 다만 위로 늙으신 어머니가 계시기 때문이다. 종일 혼자 앉
아 있었는데 사량 만호 이여념李汝恬이 와서 보고는 돌아갔다. 밤 10시

쯤에 변존서와 김양간金良幹이 들어왔다. 행궁의 기별을 들었는데 동궁께서 평안하지 않다고 하니 걱정이 끝이 없다. 정승 유성룡의 편지와 지사 윤우신의 편지도 왔다. 소문에 종 갓동㖵同과 철해哲每가 병으로 죽었다 하니 참 불쌍하다. 중 해당海棠도 왔다. 밤에 명나라 군인 5명이 들어왔다고 수사 원균의 군관이 와서 전하고 갔다.

1593년 7월 1일 맑음

인종仁宗의 제삿날이다. 밤기운이 몹시 서늘하여 잠을 이루지 못했다. 나라를 걱정하는 마음이 조금도 놓이지 않아 홀로 뜸 아래에 앉아 있으니 온갖 생각이 일어났다. 선전관이 내려왔다고 들었는데, 초저녁에 임금의 분부를 가지고 왔다.

1593년 7월 9일 맑음

남해 현령이 또 와서 "광양, 순천이 이미 분탕질 당했다"고 한다. 그래서 광양 현감 어영담, 순천 부사 권준과 송희립, 김득룡金得龍, 정사립 등을 보냈고, 이설은 어제 먼저 보냈다. 이 소식을 들으니 뼛속까지 아파 말을 할 수 없었다. 우수사 이억기, 경상 우수사 원균과 함께 일을 논의했다. 이날 밤, 바다에 달은 밝고 잔물결 하나 일지 않아 물과 하늘이 한 빛인데 서늘한 바람이 선뜻 불어왔다. 홀로 뱃전에 앉았으니 온갖 근심이 가슴에 치밀었다. 새벽 1시쯤에 본영 탐후선이 들어와서 적의 소식을 전하기를, "실은 왜적이 아니라 영남의 피란민이 왜군 차림을 하고 광양으로 들어가서 여염집을 분탕질했다"는 것이었다. 그나마 왜적이 아니라서 다행한 일이 아닐 수 없다. 진주성에 관한 일 또한 헛소문이라고 한다. 그러나 진주의 일만은 절대로 그럴 리가 없다. 닭이 벌써 울었다.

1593년 7월 14일 맑다가 비 조금

진을 한산도 을포乙浦로 옮겼다. 비가 조금 와서 땅의 먼지를 적실 정도이다. 몸이 몹시 불편하여 온종일 신음했다. 순천 부사가 들어와서, 장흥 부사가 본부의 일을 거짓으로 전달한 것은 이루 다 말로 할 수 없다고 했다. 함께 점심을 먹고 그대로 머물렀다. 진을 한산도 두을포豆乙浦(경남 통영시 한산면 두억리)로 옮겼다.

1593년 7월 15일 맑음

느지막이 사량의 수색선을 타고 온 여도 만호 김인영과, 순천 지휘선을 타고 다니는 김대복이 들어왔다.

가을 기운이 바다에 드니 나그네 회포가 산란하네
秋氣入海 客懷撩亂 추기입해 객회요란

홀로 배의 뜸 아래에 앉았으니 마음이 몹시 울적하네
獨坐蓬下 心緒極煩 독좌봉하 심서극번

달빛이 뱃전에 들자 정신이 맑아져
月入船舷 神氣淸冷 월입선현 신기청랭

잠도 못 이루는데 닭이 벌써 우는구나
寢不能寐 鷄已鳴矣 침부능침 계기명의

119

1593년 8월 11일

늦게 소나기가 쏟아지고 바람이 몹시 불더니만, 오후에 비는 그쳤으나 바람은 그치지 않았다. 몸이 몹시 불편하여 온종일 앉았다 누웠다 했다. 여도 만호 김인영에게 격군을 잡아 올 일로 사흘의 기한을 주어 갔다 오라고 일러 보냈다.

1593년 8월 12일

몸이 몹시 불편하여 종일 누워서 신음했다. 옷이 젖도록 식은땀이 나는데도 억지로 일어나 앉았다. 늦게 비가 내리다가 개기도 했다. 순천 부사가 와서 만나고, 우수사도 와서 만났다. 방답 첨사 이순신李純信도 왔다. 종일 장기를 두었다. 몸이 몹시 불편했다. 가리포 첨사도 왔다. 본영 탐후선이 들어와서 어머니께서 평안하시다고 전했다.

1593년 8월 13일

본영에서 온 공문에 결재하여 보냈다. 몸이 몹시 불편하여 홀로 배의 뜸 아래에 앉으니, 온갖 회포가 다 일어났다. 이경복에게 장계를 지니고 가라고 내어 보냈다. 경庚의 어미에게 노자를 문서로 보내 주었다. 송두남宋斗男이 군량미 300섬과 콩 300섬을 실어 왔다.

1593년 9월 7일 맑음

아침에 배를 만들 재목을 받아들였다. 방답 첨사가 와서 만나 봤다. 순찰사 이정암李廷馣에게 폐단을 진술하는 공문과 군대 개편하는 일에 대한 공문을 만들어 보냈다. 종일 홀로 앉아 있으니 마음이 편치 않았다. 저녁때 탐후선이 오기를 몹시 기다렸지만 오지 않았다. 해가 저문 뒤 가슴이 답답하고 열이 나서 창문을 닫지 않고 잤더니, 바람을 많이 쐬어 머리가 몹시 아플 것 같다. 걱정스럽다.

1594년 1월 29일 비

비가 하루 종일 내리더니 밤새도록 그치지 않았다. 새벽에 각 배들이 무사하다는 보고를 받았다. 몸이 불편하여 저녁에 누워서 신음했다. 바람이 세게 불고 파도가 거세어 배를 안전하게 매어 둘 수가 없으니 마음이 몹시도 괴롭다. 미조항 첨사 김승룡이 배를 꾸미는 일로 돌아간다고 보고했다.

1594년 1월 30일 흐림

흐리고 바람이 세게 불다가, 늦게 개면서 바람도 조금 잠잠해졌다. 순천 부사, 우수사 우후, 강진 현감이 왔다. 미조항 첨사가 와서 돌아간다고 보고하기에 평산포의 도망친 군사 3명을 잡아 와서 그 편에 딸려 보냈다. 몸이 몹시 불편하여 종일 땀을 흘렸다. 군관과 여러 장수는 활을 쏘았다.

1594년 2월 20일 맑음

안개비가 걷히지 않다가 오전 10시쯤 맑게 개었다. 몸이 불편하여 종일 나가지 않았다. 우조방장과 첨지 배경남裵慶男이 와서 이야기했다. 아들 울이 우수사 영공*의 배에 갔다가 몹시 취해서 돌아왔다.

1594년 3월 7일 맑음

몸이 몹시 불편하여 꼼짝하기조차 어렵다. 그래서 아랫사람에게 시켜 패문에 답서를 작성하게 했더니, 지어 놓은 글의 꼴이 말이 아니었다. 또 경상 우수사 원균이 손의갑孫義甲에게 시켜 작성하게 했는데도 그것마저 못마땅하다. 병을 무릅쓰고 억지로 일어나 앉아 초안을 잡고, 군관 정사립을 시켜 써 보내게 했다. 오후 2시쯤에 출항하여 밤 10시쯤에 한산도 진중에 이르렀다.

1594년 3월 8일 맑음

병세는 별로 차도가 없다. 기운이 더욱 축이 나서 종일 앓았다.

1594년 3월 9일 맑음

기운이 좀 나는 듯해서 따뜻한 방으로 옮겨 누웠다. 아프긴 해도 다른 증세는 없었다.

1594년 3월 10일 맑음

병세는 차츰 나아지는 것 같은데, 열기가 치올라 그저 찬 것만 마시고 싶은 생각뿐이었다. 저녁에 비가 내리더니 밤새도록 그치지 않았다.

영공令公 정삼품과 종이품의 벼슬아치를 이르던 말

1594년 3월 11일 종일 큰비가 오다가 저물 무렵 갬

병세가 아주 많이 나아졌고 열도 내리니 참으로 다행이다.

1594년 3월 12일 맑았으나 바람이 세게 붊

몸이 몹시도 불편했다. 영의정에게 편지를 쓰고 장계를 깨끗이 정서하는 것도 마쳤다.

1594년 3월 13일 맑음

아침에 장계를 봉해 올렸다. 병은 차츰 나아진 것 같으나, 기력이 매우 약해졌다. 아들 회와 송두남을 내어 보냈다. 오후에 수사 원균이 와서 자기의 잘못된 일을 털어놓기에 장계를 도로 가져다가 원사진元士震과 이응원李應元 등이 가짜 왜군의 목을 베어 바친 일을 고쳐서 보냈다.

1594년 3월 14일 비

병은 나은 듯하지만 머리가 무겁고 기분이 좋지 않았다. 저녁에 광양 현감, 강진 현감, 첨지 배경남이 같이 갔다. 소문에 충청 수사가 이미 신장薪場(전남 순천)에 왔다고 했다. 종일 몸이 불편했다.

1594년 3월 15일 비는 그쳤으나 바람이 세게 붊

종일 끙끙 앓았다. 미조항 첨사가 돌아갔다.

1594년 3월 16일 맑음

몸이 몹시 불편하다. 우수사가 와서 만나 봤다. 충청 수사가 전선 9척을 거느리고 진에 이르렀다.

1594년 3월 17일 맑음

몸이 회복되지 않았다. 변유헌은 본영으로 돌아가고 순천 부사도 돌아갔다. 해남 현감은 새 현감과 교대하는 일로 나가고, 황득중은 복병에 관한 일로 거제도로 들어갔다. 탐후선이 들어왔다.

1594년 3월 18일 맑음

몸이 몹시 불편했다. 남해 현감 기효근, 소비포 권관 이영남, 적량 만호 고여우, 보성 군수 김득광이 와서 만나 봤다. 기효근은 파종 일 때문에 고을로 돌아갔다. 보성 군수는 말을 하려고 했다가 사정을 아뢰지 않고 돌아갔다. 낙안의 유위장과 향소* 등을 잡아 와서 가두었다.

1594년 3월 19일 맑음

몸이 불편하여 종일 끙끙 앓았다.

1594년 3월 20일 맑음

몸이 불편하다.

1594년 3월 21일 맑음

몸이 불편하다. 과거 시험자의 명단을 작성하는 관리로 여도 만호 김인영, 남도 만호 강응표姜應彪, 소비포 권관 이영남을 뽑아 담당하게 했다.

1594년 3월 22일 맑음

몸이 약간 나아진 것 같다. 원수의 공문이 왔는데, "명나라 지휘 담종인의 자문*과 왜장의 서계*를 파총*이 가지고 갔다"고 하였다.

1594년 4월 25일 맑음

꼭두새벽부터 몸이 몹시 불편하여 종일 괴로워했다. 아침에 보성 군수가 와서 만났다. 밤새도록 앓았다.

1594년 4월 26일 맑음

통증이 몹시 심하여 거의 인사불성이 되었다. 곤양 군수가 아뢰고 돌아갔다.

1594년 4월 27일 맑음

통증이 차츰 덜해졌다. 숙소로 내려갔다.

향소 원래 지방의 수령을 보좌하는 자문 기관을 말하는데, 여기서는 이곳의 관리를 뜻한다.
자문咨文 중국과 주고받던 공식적인 외교 문서
서계書契 일본과 내왕한 공식 외교 문서
파총把摠 군영 소속의 종사품 무관

1594년 4월 28일 맑음

기력을 차려 아픈 증세가 많이 줄었다. 경상 수사 원균과 좌랑 이유함李
惟誠이 와서 만났다. 아들 울이 들어왔다.

1594년 5월 9일 종일 비

하루 종일 홀로 빈 정자에 앉아 있으니 온갖 생각이 가슴에 치밀어 마
음이 어지러웠다. 어찌 다 말할 수 있으랴. 정신이 침침하여 취한 듯,
꿈속인 듯, 멍청한 것도 같고 미친 것 같기도 했다.

1594년 7월 27일 흐리고 바람 붊

밤에 꿈을 꾸었는데 머리를 풀고 곡을 했다. 이것은 매우 길한 조짐이
라고 한다. 이날 충청 수사, 순천 부사와 함께 활을 쏘았다. 충청 수사
가 과하주*를 가지고 왔다. 나는 몸이 불편하여 조금 마셨지만, 역시 편
하지 않았다.

1595년 6월 5일 맑음

조방장 등과 함께 아침밥을 먹는데, 박종남朴宗男은 병으로 오지 못했
다. 느지막이 우수사, 웅천 현감, 거제 현령이 와서 같이 종일 이야기했
다. 정오부터 비가 내려서 활을 쏘지 못했다. 몸이 몹시 불편하여 저녁
식사도 하지 않고 종일 앓았다. 종 경이 들어와서 어머니께서 편안하시
다고 하니 다행이다.

1595년 6월 6일 종일 비

몸이 몹시 불편하다. 송희립이 들어왔다. 그 편에 도양장*의 농사 형편을 들으니, 흥양 현감이 무척이나 애를 써서 추수가 잘될 것이라고 한다. 계원 유사 임영林英도 애를 많이 쓴다고 했다. 정항이 이곳에 왔으나 몸이 불편하여 종일 앓았다.

1595년 6월 7일 종일 비

몸이 몹시 불편하여 신음하며 앉았다 누웠다 했다.

1595년 6월 8일 비

몸이 좀 나은 것 같다. 느지막이 세 조방장이 와서 만났는데, 곤양 군수는 부친상을 당하여 급히 집으로 돌아갔다고 전했다. 매우 섭섭하다.

1595년 7월 1일 잠깐 비가 내림

인종의 제삿날이라 공무를 보지 않았다. 홀로 다락에 기대어 나라의 돌아가는 꼴을 생각하니 위태롭기가 마치 아침 이슬과 같다. 안으로는 정책을 결정할 만한 기둥 같은 인재가 없고, 밖으로는 나라를 바로잡을 주춧돌 같은 인물이 없으니, 나라의 운명이 어떻게 될지 모르겠다. 마음이 괴롭고 어지러워서 종일 엎치락뒤치락했다.

과하주過夏酒 약주에 소주를 섞어 빚은 술. 여름을 지내도 시지 않는다고 한다.
도양장道陽場 전남 흥양에 있던 목장

1595년 7월 10일 맑음

몸이 몹시 불편하다. 느지막이 우수사와 만나 서로 이야기했다. 양식이 떨어져도 아무런 계책이 없다는 말을 많이 했다. 무척 답답하고 괴롭다. 조방장 박종남도 왔다. 두어 잔을 마셨더니 몹시 취했다. 밤이 깊어 수루 위에 누웠더니 초승달 빛이 수루에 가득하여 마음을 억누를 수 없다.

1595년 7월 25일 맑음

충청 수사 선거이宣居怡의 생일이라 음식을 마련하여 왔다. 우수사 이억기, 경상 수사 권준, 조방장 신호 등과 함께 취하도록 먹고 이야기했다. 저녁에 조방장 정응운鄭應運이 왔다.

1595년 8월 10일 맑음

몸이 불편한 것 같다. 홀로 수루 위에 앉아 있으니 온갖 생각이 다 일어났다. 늦게 대청으로 나가 공무를 보고 난 뒤에 활 5순을 쏘았다. 정제鄭壽와 결성 현감 손안국孫安國이 같이 배를 타고 떠났다.

1595년 8월 15일

새벽에 망궐례를 했다. 우수사 이억기, 가리포 첨사 이응표, 임치 첨사 홍견 등 여러 장수가 함께 왔다. 오늘 삼도의 사수와 본도 잡색군*을 먹이고, 종일 여러 장수와 함께 술에 취했다. 이날 밤 으스름 달빛이 수루

잡색군雜色軍 생원·진사·향리·교생·장인·공사천 따위를 모아 형식적으로 조직한 예비역 군대

를 비추어 잠을 이루지 못하고 밤새도록 휘파람을 불며 시를 읊었다.

1595년 9월 13일 맑음

수루에 기대어 혼자 앉아 있으니 마음이 심란했다.

1595년 9월 14일 맑음

늦게 나가 공무를 보았다. 우수사와 경상 우수사가 함께 와서 충청 수사 선거이와 작별하는 술잔을 나누고 밤이 깊어서야 헤어졌다. 수사 선거이와 작별하면서 짧은 시 한 수를 써 주었다.

> 북쪽에 갔을 때에 같이 힘써 일했더니 北去同動苦 _{북거동동고}
>
> 남쪽에 와서도 죽고 삶을 함께했네 南來共死生 _{남래공사생}
>
> 오늘 밤 달빛 아래 한잔 술 나누고 나면 一杯今夜月 _{일배금야월}
>
> 내일은 이별의 슬픈 정만 남겠네 明日別離情 _{명일별난정}

1595년 9월 15일 맑음

수사 선거이가 와서 작별을 고하므로, 또 이별의 잔을 들고 나서 헤어졌다.

1595년 10월 20일 맑음

느지막이 가리포 첨사, 금갑도 만호, 남도포 만호, 사도 첨사, 여도 만호가 와서 보고 술을 먹여서 보냈다. 저물 무렵에 영등포 만호도 와서 저녁 식사를 하고 돌아갔다. 이날 밤 바람은 몹시도 싸늘하고, 차가운

달빛은 대낮 같아 잠을 이루지 못하고 밤새도록 뒤척거리니 온갖 생각이 가슴에 치밀었다.

1595년 11월 15일 맑음

아버지 제삿날이라 공무를 보지 않았다. 홀로 앉아 있으니 그리워서 마음 달랠 길 없다.

1595년 12월 9일 맑음

몸이 불편하여 밤새도록 신음했다. 거제 현령과 안골포 만호 우수가 와서 왜적들이 물러갈 뜻이 없는 모양이라고 말했다. 하응구河應龜도 왔다.

1596년 1월 13일 맑음

아침에 경상 수사가 와서 배를 타고 견내량으로 간다며 보고하고 떠났다. 늦게 대청으로 나가 공문을 처리하여 보냈다. 체찰사에게 올리는 공문을 내어 보냈다. 성균관을 다시 차린다는 선비들의 통문을 가지고 왔던 성균관의 종이 하직을 고하고 돌아갔다. 이날 저녁에 달빛은 대낮 같고 바람 한 점 없었다. 홀로 앉아 있으니 마음이 심란하여 잠을 이루지 못했다. 신홍수申弘壽를 불러 통소를 불게 했다. 통소를 듣다가 밤 10시쯤 잠들었다.

1596년 3월 9일 아침에 맑다가 저물 무렵에 비

아침에 우우후 이정충李廷忠과 강진 현감 이극신李克信이 돌아가겠다고 하므로 술을 먹였더니 몹시 취했다. 우우후는 취하여 쓰러져 돌아가지 못했다. 저녁에 좌수사가 왔기에 작별의 술잔을 나누었더니 취하여 대청에서 엎어져 잤다. 여종 개介와 함께 잤다.

1596년 3월 10일 비

아침에 다시 좌수사를 청했더니 와서, 작별의 술잔을 나누며 전송했다. 온종일 무척 취하여 나가지 못했다. 수시로 땀이 흘렀다.

1596년 4월 24일 맑음

식사를 한 뒤 목욕탕에 들어갔다가 나와서 여러 장수와 함께 이야기했다.

1596년 4월 25일 맑음

남풍이 세게 불었다. 일찍이 목욕탕에 들어가서 한참 동안 있었다. 저녁에 우수사가 와서 만나고 돌아갔다. 또 목욕탕에 들어갔다가 물이 너무 뜨거워서 오래 있지 못하고 도로 나왔다.

1596년 4월 27일 맑음

저녁에 목욕을 한 차례 했다. 체찰사의 공문 회답이 왔다.

1596년 4월 28일 맑음

아침과 저녁에 두 차례 목욕했다. 여러 장수가 모두 와서 만났다. 경상 수사는 뜸을 뜨느라 오지 못했다.

1596년 4월 29일 맑음

저녁에 한 번 목욕했다. 남여문南汝文에게 항복한 왜인 사고여음沙古汝音의 목을 베게 했다.

1596년 4월 30일 맑음

저녁에 한 번 목욕했다. 우수사가 와서 만났다. 충청 우후가 와서 만나고 돌아갔다. 느지막이 부산의 허내은만의 편지가 왔는데, 고니시 유키나가小西行長가 군사를 철수할 뜻이 있는 것 같다고 했다. 김경록金景祿이 돌아갔다. 어머니께서 평안하시다는 편지가 왔다.

1596년 5월 1일 흐림

경상 수사가 와서 만나고 돌아갔다. 목욕을 한 차례 했다.

1596년 5월 2일 맑음

일찍 목욕하고 진으로 돌아왔다. 쇠를 부어 총통 두 자루를 만들었다. 조방장 김완과 조계종이 와서 만나 봤다. 우수사가 김인복의 목을 베어 내걸었다. 이날은 공무를 보지 않았다.

1596년 5월 3일 맑음

가뭄이 너무 심하다. 근심스런 마음을 어찌 다 말하랴. 나가서 공무를 보았다. 경상 우후가 와서 활 15순을 쏘았다. 저물어서 돌아왔다. 총통 두 자루를 녹여 만들었다.

1596년 5월 4일 맑음

오늘은 어머님 생신인데, 헌수하는 술 한 잔도 올려 드리지 못하여 마음이 편치 않다. 나가지 않았다. 오후에는 우수사가 사무 보는 집에 불이 나서 다 타 버렸다. 이날 저녁에 문촌공文村公이 부요富饒(경남 밀양군 실혜촌)에서 왔다. 조종趙琮의 편지를 가지고 왔는데, 조정趙玎이 4월 1일에 세상을 떠났다고 한다. 슬프고도 애석하다. 우후가 앞산마루에서 여귀*에게 제사 지냈다.

1596년 5월 25일 종일 비

저녁 내내 홀로 수루 위에 앉아 있으니, 온갖 생각이 다 떠올랐다. 우리나라 역사를 읽어 보니 개탄스런 생각이 많이 들었다.

여귀厲鬼 제사를 받지 못하는 귀신. 못된 돌림병으로 죽은 사람의 귀신

10장
원균의 시기, 주변 인물에 대해 평가하다

1593년 2월 14일 맑음

증조부의 제삿날이다. 이른 아침에 본영 탐후선이 왔다. 아침밥을 먹은 뒤에 삼도의 군사들을 모아 약속할 적에, 영남 수사 원균은 병이 나서 오지 않고 전라 좌우도의 장수들만이 모여 약속했다. 다만 우후가 술에 취하여 마구 지껄이며 떠드니 그 기막힌 꼴을 어찌 다 말하랴. 어란포 만호 정담수鄭聃壽, 남도포 만호 강응표도 역시 마찬가지였다. 이렇게 큰 적을 맞아 무찌르는 일로 모이는 자리에서 술에 만취되어 이 지경에 이르니, 그 사람됨이야 더욱 말로 표현할 수가 없다. 통분함을 이길 길이 없다. 저녁에 헤어져서 진을 친 곳으로 왔다. 가덕 첨사 전응린田應麟이 와서 만나 봤다.

적을 무찌르는 일이 급하므로 출항하여 사화랑에 이르러 바람이 멎기를 기다렸다. 이윽고 바람이 멎는 듯하므로 재촉하여 웅천에 이르러, 삼혜三惠와 의능義能 두 승장과 의병 성응지成應祉를 제포로 보내 곧 상륙하는 체하게 했다. 그리고 우도의 여러 장수의 배 가운데 변변치 않은 배들을 골라서 동쪽으로 보내 역시 상륙하는 체하게 했더니 왜적들이 당황하여 갈팡질팡했다. 이 틈을 타서 모든 배를 몰아 일시에 무찌르니, 적들은 세력이 분산되고 약해져서 거의 섬멸하게 되었다. 발포의 두 배와 가리포의 두 배가 명령을 하지 않았는데도 돌입하다가 그만 얕은 곳에서 암초에 걸려 적에게 습격당한 일은, 참으로 통분하여 가슴이 찢어질 것만 같다. 얼마 후 진도의 지휘선이 적에게 포위되어 거의 구할 수 없는 지경에 이르렀는데, 우후가 곧장 달려가 구해 냈다. 경상 좌위장과 우부장은 보고도 못 본 체하며 끝내 구하지 않았으니, 그 괘씸함을 이루 표현할 길이 없다. 참으로 통분하다. 이 때문에 경상 우수사 원균을 꾸짖었지만 통탄할 일이다. 오늘의 통분함을 어찌 다 말하랴. 모두가 원균의 탓이다. 돛을 달고 소진포로 돌아와서 잤다. 아산에서 조카 뇌와 분의 편지가 웅천 진중에 왔고, 어머니의 편지도 왔다.

아침에 우수사가 와서 만나 봤다. 식사를 한 뒤에는 수사 원균이 왔으며, 순천 부사, 광양 현감, 가덕 첨사, 방답 첨사도 왔다. 이른 아침에는 소비포 권관, 영등포 만호, 와량 첨사 등이 와서 만났다. 경상 우수사 원균의 음흉함은 말로 표현할 길이 없다. 최천보崔天寶가 양화진에서 내려와 명나라 군사들의 소식을 자세히 전했으며, 또한 조도 어사의 편지와 공문을 전한 뒤 그날 밤 돌아갔다.

1593년 2월 28일 맑고 바람조차 없음

새벽에 출항하여 가덕에 이르니, 웅천의 적들은 움츠리고 있을 뿐 나와서 대항할 생각이 조금도 없는 듯했다. 우리 배가 바로 김해강金海江(부산시 강서구 서낙동강) 아래쪽 독사리목으로 향하는데, 우부장이 변고를 알리므로 여러 배가 돛을 달고 급히 달려가 작은 섬을 에워쌌다. 경상 우수사의 군관과 가덕 첨사의 사후선(척후선) 2척이 섬 사이를 들락날락하는데 그 짓거리가 황당했다. 두 배를 붙잡아 매어 원 수사에게 보냈더니 원 수사가 크게 성을 냈다고 한다. 알고 보니 그의 본뜻이 군관을 보내어 어부들을 찾아 그 머리를 베어 오게 하는 데 있었기 때문이다. 저녁 8시쯤에 아들 염葂이 왔다. 사화랑에서 잤다.

1593년 3월 2일 온종일 비

배의 뜸 아래에 웅크리고 앉아 있으니, 온갖 생각이 가슴속에 치밀어 올라 마음이 어지럽다. 이응화李應華를 불러 한참 동안 이야기하다가 그대로 순천 부사가 탄 배로 보내어 병세를 살펴보게 했다. 이영남과 이여념이 와서 원균의 비리를 들으니, 실로 한탄스럽기 짝이 없다. 이영남이 왜군의 작은 칼을 두고 갔다. 그때 이영남에게서 들으니 강진 사람 둘이 살아서 돌아왔는데, 고성으로 붙들려 가서 문초를 받고 왔다고 했다.

1593년 5월 14일 맑음

선전관 박진종朴振宗이 왔다. 동시에 선전관 영산령寧山令 예윤禮胤이 임금의 분부를 받들고서 왔다. 그들에게서 피난을 간 임금님의 사정과 명나라 군사들의 하는 짓을 들으니, 참으로 통탄스럽다. 내가 우수사 이억기의 배에 옮겨 타고는 선전관과 이야기하며 술을 여러 잔 돌리자, 경상 우수사 원균이 와서 심하게 술주정을 부리니 배 안의 모든 장병이 놀라고 분개하지 않는 이가 없었다. 그의 허튼짓을 차마 입에 올릴 수가 없다. 영산령 예윤이 취하여 넘어져서 정신을 못 차리니 우습다. 저녁에 두 선전관이 돌아갔다.

1593년 5월 21일

새벽에 출항하여 거제 유자도柚子島(경남 거제시 신현읍 교도와 죽도)가 있는 바다에 이르니, 대금산 척후병이 와서 왜적의 출몰이 여전하다고 보고했다. 우수사와 같이 저녁 내내 이야기했다. 이홍명李弘明도 왔다. 오후 2시쯤에 비가 내려 농사에 대한 희망이 조금 살아났다. 이영남이 와서 만났다. 원균이 거짓 내용으로 공문을 보내어 대군을 동요하게 했다. 군중에게조차 속임이 이러하니, 그 흉포하고 패악함이 이루 말할 수 없다. 밤새 세찬 바람이 불고 또 비가 왔다. 새벽녘에 거제 선창에 배를 대니 곧 22일이다.

1593년 5월 24일 비가 오락가락함

아침에 진지를 거제 앞 칠천량 바다 어귀로 옮겼다. 나대용이 명나라 관원을 사량 뒷바다에서 발견하고 먼저 와서, "명나라 관원과 통역관 표헌表憲, 선전관 목광흠睦光欽이 함께 온다"고 전했다. 오후 2시쯤에 명나라 관원 양보가 진문에 이르자, 우별도장 이설을 마중 보내어 배까지 인도해 오게 하니 매우 기뻐했다. 우리 배로 오르도록 청하고 황제의 은혜에 재삼 사례하며 마주 앉기를 청했다. 그러나 굳이 사양하고 앉지 않아서 선 채로 한참 동안 이야기하며 우리 전함의 위용이 장하다고 매우 칭찬했다. 예물을 주자 처음에는 사양하는 듯하더니, 받고는 매우 기뻐하며 두 번 세 번 감사하다고 했다. 선전관이 표신을 평상에 놓은 뒤에 조용히 이야기했다. 아들 회가 밤에 본영으로 돌아갔다.

1593년 5월 27일

비바람에 배가 부딪쳐서 진을 유자도로 옮겼다. 협선 3척이 간 곳이 없더니 저녁나절에야 돌아왔다. 순천 부사와 광양 현감이 와서 노루고기를 차렸다. 경상 우병사 최경회崔慶會의 답장이 왔는데, 원균이 명나라 장수인 경략 송응창宋應昌이 보낸 화전*을 혼자서 쓰려고 꾀를 낸다고 한다. 우습고도 우습다. 전라 병마사 선거이의 편지도 왔는데, "창원의 적들을 오늘 무찌르려고 했는데, 궂은비가 개지 않아 아직 나가서 치지 못했다"고 했다.

화전火箭 불을 붙여 쏘던 화살. 또는 화약을 장치한 화살

1593년 5월 30일 종일 비

오후 4시쯤에 잠깐 개다가 다시 비가 왔다. 아침에 봉사° 윤제현尹濟賢과 변유헌에게 왜적에 관한 일을 물었다. 이홍명이 와서 만나 봤다. 원균이 경략 송응창이 보낸 화전을 혼자만 쓰려고 꾀하기에 병사의 공문을 통해서 나누어 보내라고 했으나, 그는 공문도 내려고 하지 않고 무리한 말만 많이 했다고 한다. 가소롭다. 명나라의 고관이 보낸 화공 무기인 화전 1,530개를 나누어 보내지 않고 혼자서 모두 쓰려고 한다니 그 잔꾀가 심하여 말로 다 할 수 없다. 저녁에 조붕趙鵬이 와서 이야기했다. 남해 현령 기효근의 배를 내 배 곁에 대었는데, 그 배 안에 어린 계집을 태우고 있어 남이 알까 봐 두려워한다. 가소롭다. 나라가 위급한 때를 맞았는데도 예쁜 여자아이를 태우기까지 하니 그 마음 씀씀이를 무엇이라 말로 표현할 수가 없다. 그러나 그 대장이라는 원균부터 역시 그러하니 어찌하랴! 윤 봉사가 일이 있어서 본영으로 돌아갔다가 군량미 14섬을 실어 왔다.

1593년 6월 5일 종일 비

종일토록 비가 쏟아져서 사람들이 머리조차 내밀기 어려웠다. 오후에 우수사 이억기가 왔다가 날이 저물어서 돌아갔다. 저물 무렵부터 바람이 몹시 세차게 불어 각 배들을 간신히 구호했다. 이홍명이 왔다가 저

봉사奉事 관상감·돈령부·훈련원 및 기타 각 시(寺)·원(院)·감(監)·서(署)·사(司)·창(倉) 따위에 둔 종팔품 벼슬

녁식사를 하고 돌아갔다. 경상 수사 원균이 웅천의 적들이 혹시 감동포甘同浦(부산시 사하구 감천동)로 들어올지도 모른다면서 공문을 보내어 무찌르자고 한다. 그 음흉한 꾀가 가소롭다.

1593년 6월 10일 맑음

우수사 이억기와 가리포 첨사 구사직이 이곳에 와서 작전 계획을 세부적으로 의논했다. 저녁에 영등포 척후병이 와서 보고하기를, "웅천의 적선 4척이 본토(일본)로 돌아갔고, 또 김해 어귀에 적선 150여 척이 나타났는데, 19척은 본토로 돌아가고 그 나머지는 부산으로 향했다"고 했다. 밤 2시쯤에 수사 원균의 공문이 왔는데, "내일 새벽에 나아가 싸우자"고 한다. 그 흉악하고 음험함과 시기하는 꼴은 말로써 표현하지 못하겠다. 그래서 밤이 되어도 답장을 보내지 않았다. 네 고을의 군량에 대한 공문을 만들어 보냈다.

1593년 6월 11일 비가 오다 개다 함

아침에 왜적을 처부술 공문을 작성하여 경상 수사 원균에게 보냈더니, 술에 취하여 정신이 없다고 핑계를 대며 대답이 없었다. 정오쯤에 충청 수사 정걸의 배로 가려고 했는데, 충청 수사가 내 배에 와서 앉기에 잠깐 이야기하다가 헤어졌다. 그 길로 우수사의 배로 갔더니, 가리포 첨사, 진도 군수, 해남 현감 등이 우수사와 같이 술자리를 베풀었다. 나도 두어 잔 마시고 돌아왔다. 정탐꾼이 와서 보고서를 바치고 갔다.

1593년 7월 20일 맑음

탐후선이 본영에서 돌아왔다. 병사의 편지와 명나라 장수의 통첩이 왔다. 그 통첩의 내용을 보니 참으로 괴상하다. 두치의 적이 명나라 군사에게 몰려서 달아났다고 하니 터무니없는 거짓말이다. 명나라 사람들이 이와 같으니 다른 사람들이야 말해 본들 무엇하랴. 통탄할 일이다. 충청 수사, 순천 부사, 방답 첨사, 광양 현감, 발포 만호, 남해 현령 등이 와서 만나 봤다. 조카 해와 윤소인尹素仁이 본영으로 돌아갔다.

1593년 7월 21일 맑음

경상 수사 원균과 우수사 이억기, 충청 수사 정걸이 함께 와서 적을 토벌하는 일을 의논하는데, 원 수사가 하는 말은 너무 흉측한 데다 거짓이었다. 무어라 형언할 수 없음이 이와 같으니, 같이하는 일에 뒷걱정이 없을까. 그의 아우 원연도 뒤따라와서 군량을 얻어서 갔다. 저녁에 흥양 군수도 왔다가 해 질 무렵에 돌아갔다. 초저녁에 오수吳水 등이 거제에서 망을 보고 돌아와서 보고하기를, "영등포의 적선이 아직도 머물면서 제멋대로 횡포를 부린다"고 했다.

1593년 7월 28일 맑음

아침에 체찰사에게 가는 편지를 썼다. 경상 우수사, 충청 수사, 우수사가 함께 와서 약속했다. 수사 원균이 음흉하게 속임수를 쓰는 것을 보니 아주 형편없었다. 정여흥鄭汝興이 공문과 편지를 가지고 체찰사에게 갔다. 순천 부사와 광양 현감이 와서 만나 보고 곧 돌아갔다. 사도 첨사 김완金浣이 복병하여 사로잡은 포작 10명이, 왜군 옷으로 변장하는 등 하는 짓이 심상치 않아 잡아다가 추궁했다. 어떤 근거가 있을 듯하더니 과연 경상 우수사가 시킨 일이라고 한다. 발바닥을 10여 대씩 때리고는 놓아주었다.

1593년 8월 6일 맑음

아침에 이완李緩이 송한련, 여여충呂汝忠과 함께 도원수에게 갔다. 식사를 한 뒤에 순천 부사, 보성 군수, 광양 현감, 발포 만호, 이응화 등이 와서 만나 봤다. 저녁에 원 수사가 오고, 이억기와 충청 수사 정걸도 와서 함께 의논했다. 그런데 원 수사가 걸핏하면 모순된 이야기를 하니 참으로 가소롭다. 저녁에 비가 잠깐 내렸다가 그쳤다.

1593년 8월 7일 아침에 맑더니 저물녘에 비

비가 내려 농사짓는 데 흡족하겠다. 가리포 첨사가 오고 소비포 권관과 이효가도 와서 만났다. 당포 만호가 작은 배를 찾아가려고 왔기에 주어 보내라고 사량 만호에게 지시했다. 가리포 영공은 점심을 같이 먹은 뒤 곧 갔다. 저녁에 경상 우수사의 군관 박치공이 와서 적선이 물러갔다고 전했다. 그러나 원 수사와 그의 군관은 평소에 헛소문을 잘 내니 믿을 수가 없다.

1593년 8월 8일 맑음

식사를 한 뒤에 순천 부사, 광양 현감, 방답 첨사, 흥양 현감 등을 불러

들여 복병 등에 관한 일을 같이 논의했다. 충청 수사의 전선 2척이 들어왔는데, 1척은 쓸 수 없다고 했다. 김덕인金德仁이 충청도의 군관으로 왔다. 본도 순찰사의 아병* 2명이 공문을 가져왔다. 적의 형세를 알려고 우수사가 유포로 가서 원균을 만났다고 하니 우습다.

1593년 8월 19일 맑음

아침밥을 먹은 뒤에 수사 원균이 있는 곳으로 가서 내 배에 옮겨 타라고 청했다. 우수사 이억기, 충청 수사 정걸도 왔다. 원연도 함께 이야기했다. 말하는 가운데 원균의 음흉하고 도리에 어긋난 처사가 많으니, 그의 속임과 거짓됨은 이루 말할 수 없다. 원균 형제가 옮겨 간 뒤에 천천히 노를 저어 진영으로 돌아왔다. 우수사, 충청 수사와 같이 앉아 자세히 이야기했다.

1593년 8월 26일 비가 오다 개다 함

원 수사가 왔다. 조금 있으니 우수사와 충청 수사도 같이 모였다. 순천 부사, 광양 현감, 가리포 첨사는 곧 돌아갔다. 흥양 현감도 와서 명절 제사 음식을 대접하는데, 원균이 술을 먹겠다고 하기에 조금 주었더니 잔뜩 취하여 흉악하고 도리에 어긋나는 말을 함부로 지껄였다. 매우 해괴했다. 도요토미 히데요시豊臣秀吉가 명나라 황제에게 상서한 초본과 명나라 사람이 고을에 와서 적은 것을 낙안 군수가 보내왔다. 통분함을 이길 수가 없었다.

아병牙兵 본진에서 대장을 수행하던 병사

1593년 8월 28일 맑음

경상 우수사 원균이 와서 만나 봤다. 음흉하고 속이는 말을 많이 했다. 몹시 해괴하다.

1593년 8월 30일 맑음

원 수사가 또다시 와서 영등포로 가자고 독촉했다. 참으로 음흉스럽다고 할 만하다. 그가 거느린 25척의 배는 모두 다 내보내고 단지 7, 8척을 가지고 이런 말을 하니, 그 마음 씀씀이와 일하는 행태가 다 이 모양이다.

1593년 9월 2일 맑음

장계의 초안을 잡아서 내려 주었다. 경상 우후 이의득과 이여념 등이 와서 만나 봤다. 저물녘에 이영남이 와서 만났다. 병마사 선거이가 곤양에서 공로를 세운 일과 남해 현령 기효근이 체찰사에게 꾸중을 들었는데 공손치 못하다는 이유로 불려 간 일을 전했다. 참 우스운 일이다. 기효근의 형편없음은 이미 알고 있는 터이다.

1593년 9월 6일 맑음

새벽에 배 만들 재목을 운반해 올 일로 여러 배를 내보냈다. 식사를 한 뒤에 우수사의 배로 가서 종일 이야기하고, 거기서 원균의 흉측스러운 일에 대해 들었다. 또 정담수가 근거 없는 거짓말을 만들어 낸다는 말을 들으니 우습기만 하다. 바둑을 두고서 돌아왔다. 부서진 배의 목재를 여러 배로 끌고 왔다.

1594년 2월 5일 맑음

새벽꿈에 좋은 말을 타고서 곧장 바위가 첩첩인 산마루로 올라갔다. 그곳에는 아름다운 산봉우리가 동서로 뻗쳐 있었고 산마루 위에는 평평한 곳이 있기에 자리를 잡으려고 하다가 꿈에서 깼었다. 무슨 징조인지 모르겠다. 또 어떤 미인이 홀로 앉아 손짓을 하는데, 내가 소매를 뿌리치고 응하지 않은 것이 우스웠다. 아침에 군기시*에서 흑각궁* 100개와 벗나무 껍질 89장을 낱낱이 셈하여 서명했다. 발포 만호와 우수사 우후가 와서 만난 뒤 같이 식사했다. 느지막이 활터 정자로 올라가서 우조방장, 우수사 우후, 여도 만호 등과 활을 쏘았다. 원수 권율權慄의 회답 공문이 왔는데, 명나라 유격 심유경이 벌써 화친*을 결정했다고 한다. 간사한 꾀와 교묘한 계책은 헤아릴 수 없다. 전에도 놈들의 꾀에 빠졌는데, 또 이처럼 빠져드니 한탄스럽다.

1594년 2월 11일 맑음

아침에 미조항 첨사 김승룡이 와서 만났다. 술 석 잔을 권하고서 보냈다. 종사관의 공문 3건을 처리하여 보냈다. 식사를 한 뒤에 활터 정자로 올라가니, 경상 우수사 원균이 와서 만났다. 그가 술 10잔에 취해 미친 말을 많이 하니 우스운 일이다. 우조방장도 함께 와서 취했다. 날이 저문 뒤 활 3순을 쏘았다.

군기시軍器寺 병기·기치·융장·집물 따위의 제조를 맡아보던 관아
흑각궁黑角弓 물소의 검은빛 뿔로 만든 활
화친和親 나라와 나라 사이에 다툼 없이 가까이 지냄

1594년 3월 16일 맑음

아침에 흥양 현감과 순천 부사가 왔다. 흥양 현감이 암행어사 유몽인柳夢寅의 비밀 장계 초안을 가져왔다. 임실 현감 이몽상李夢祥, 무장 현감 이충길李忠吉, 영암 군수 김성헌金聲憲, 낙안 군수 신호申浩를 파면하고, 순천 부사는 탐관오리의 으뜸으로 거론하고 있으며, 나머지 담양, 진원, 나주, 장성, 창평 등의 수령은 악행을 덮어 주고 포상하도록 고한 것이었다. 임금을 속이는 것이 이에 이르렀으니, 나랏일이 이러고서야 싸움이 평정될 리가 만무하다. 천장만 쳐다볼 뿐이다. 또 그 가운데는 수군 일족에 대한 징발과 장정 넷 중에 둘은 전쟁에 나가야 한다는 일을 심히 비난하고 있었다. 암행어사가 나라의 위급한 난리는 생각지도 않고 다만 눈앞의 임시방편의 일에만 힘쓰고 있으며, 남쪽 지방의 억울하다고 변명하는 말만 들으니, 나라를 그르치는 교활하고 간사한 말이 진회*가 무목*을 대하는 것과 다를 바가 없다. 나라를 위하는 아픔이 더욱 커진다. 느지막이 활터 정자로 올라가 순천 부사, 흥양 현감, 우조방장, 우수사 우후, 사도 첨사, 발포 만호, 여도 만호, 녹도 만호, 강진 현감, 광양 현감 등과 활 12순을 쏘았다. 순천 감목관이 진중에 왔다가 돌아갔다. 우수사가 당포에 도착했다고 한다.

1594년 4월 12일 맑음

순무사 서성이 내 배에 와서 이야기했다. 우수사 이억기, 경상 수사 원균, 충청 수사 구사직이 함께 왔다. 술이 세 순배 돌자 원 수사가 짐짓 술 취한 척하며 미친 듯이 날뛰고 억지소리를 해 대니, 순무사가 무척

괴이하게 여겼다. 원 수사가 하는 짓이 매우 흉악했다. 삼가 현감이 아뢰고 돌아갔다.

1594년 6월 4일 맑음

충청 수사, 미조항 첨사, 웅천 현감이 와서 만나고 종정도놀이*를 했다. 저녁에 겸사복이 임금의 분부를 가지고 왔다. 그 글의 내용은 "수군의 여러 장수와 경주의 여러 장수가 서로 협력하지 않으니, 이제부터는 예전의 버릇을 버리라"는 것이었다. 죄송하기 그지없다. 이는 원균이 술에 취하여 망발했기 때문이다.

1594년 7월 19일 맑음

아침에 명나라 장수에게 예의를 표시하는 단자*를 올리니, 감사한 마음을 금치 못하겠다며 주시는 물건도 매우 풍성하다고 답했다. 충청 수사도 역시 예물을 주었고, 늦게 우수사도 주었는데, 내가 준 예물과 거의 같았다. 점심을 먹은 뒤에 경상 수사 원균이 혼자서 술 한 잔을 올리는

진회秦檜(1090~1155년)　중국 남송 고종 때의 재상. 악비(岳飛)를 무고하여 죽이고, 금나라가 쳐들어왔을 때 예물을 바치며 신하국이라 칭하면서 굴욕적인 화의를 체결하여 후세에 대표적인 간신으로 불린다.
무목武穆(1103~1142년)　중국 남송 때의 충신 악비. 무목은 시호이다. 금나라 군대를 누차 물리치고 벼슬이 태위에 이르렀다. 당시 고종은 진회와 함께 금나라와의 화의를 주장했는데, 이를 반대하다가 진회의 참소를 받고 옥중에서 살해되었다.
종정도놀이　넓은 종이에 옛 벼슬의 이름을 품계와 종별에 따라 써 놓고 알을 굴려서 나온 점수에 따라 벼슬이 오르고 내림을 겨루는 놀이
단자單子　부조나 선물 따위의 내용을 적은 종이. 돈의 액수나 선물의 품목, 수량, 보내는 사람의 이름 따위를 써서 물건과 함께 보낸다.

데, 술상은 무척 어지럽건만 먹을 만한 것이 하나도 없어서 좀 우스웠다. 또한 자와 별호를 묻자 써서 주는데, 자는 중문仲文이요, 호는 수천秀川이라 했다. 촛불을 밝히고 다시 의논하다가 헤어졌다. 비가 많이 올 것 같아서 배로 내려가 잤다.

1595년 2월 20일 맑음
우수사, 장흥 부사, 조방장 신호가 와서 이야기하는데, 원균의 흉포하고 패악한 짓에 대해 많이 전했다. 실로 놀라운 일이다.

1595년 2월 27일 한식, 맑음
원균이 포구에 있는 수사 배설과 교대하려고 이곳에 이르렀다. 교서에 숙배하라고 했더니 불평하는 기색이 많았다고 한다. 두세 번 타일러 억지로 행하게 했다고 하니, 너무도 무식한 것 같아 우습다.

1595년 7월 7일 흐리되 비는 오지 않음
경상 수사, 두 조방장과 충청 수사가 왔다. 방답 첨사, 사도 첨사 등에게 편을 갈라 활을 쏘게 했다. 경상 우병사 김응서에게 임금님의 명령서가 왔는데, "나라의 재앙이 참혹하고 원수가 사직에 남아 있어서 귀신의 부끄러움과 사람의 원통함이 온 천지에 사무쳤건만, 아직도 요사한 기운을 재빨리 쓸어버리지 못하고 원수와 함께 한 하늘을 이고 있으니 분하다. 무릇 혈기가 있는 자라면 누가 팔을 걷고 절치부심*하며 그놈의 살을 찢고 싶지 않겠는가. 그런데 경은 적과 마주하여 진을 치고 있는 장수로서 조정이 명령하지도 않았는데 함부로 적과 대면하여 감히 도리에 어긋난 말을 지껄이는가. 또 누차 사사로이 편지를 보내어 그들을 높여 아첨하는 모습을 보이고 수호, 강화하자는 말을 하여 명나라 조정에까지 들리게 해서 치욕을 끼치고 사이가 벌어지게 했음에도 조금도 거리낌이 없도다. 마땅히 군법으로 다스려도 아까울 것이 없거늘, 오히려 관대히 용서하고 돈독히 타이르며 경고하고 책망하기를 분명히 했다. 그런데도 고집을 더 심하게 부려서 스스로 죄의 구렁텅이로 빠져들어 가니, 내가 보기에는 몹시 해괴하여 그 까닭을 알 수가 없다. 이에 비변사의 낭청* 김용金涌을 보내어 구두로 나의 뜻을 전하니, 경은 그 마음을 고치고 정신을 가다듬어 후회할 일을 남기지 말라"는 것이었다. 이것을 보니 놀랍고도 황송함을 이길 수 없다. 김응서가 어떠한 사람이기에 스스로 회개하여 힘쓴다는 말을 들을 수가 없는가. 만약 쓸개 있는 자라면 반드시 자결이라도 할 것이다.

1595년 7월 9일 맑음

오늘은 말복이다. 가을 기운이 서늘해지니 여러 가지 생각이 떠오른다. 미조항 첨사가 와서 만나 보고 갔다. 웅천 현감, 거제 현령이 활을 쏘고 갔다. 밤 10시쯤 바다의 달빛이 수루에 가득 차니, 생각이 아주 번거로워 수루 위를 어슬렁거렸다.

절치부심切齒腐心 몹시 분하여 이를 갈며 속을 썩임
낭청郎廳 실록청·도감(都監) 등의 임시 기구에서 실무를 맡아보던 당하관 벼슬

1595년 9월 1일 맑음

새벽에 망궐례를 행했다. 탐후선이 들어왔다. 우후가 도양장에서 본영으로 와 공문을 바쳤는데, 정사립을 해치려는 뜻이 많아 가소롭다. 종사관 유공진柳拱辰이 병 때문에 돌아가서 조리하겠다고 하여 결재해서 보냈다.

1596년 2월 30일 맑음

아침에 정사립에게 보고문을 쓰게 해서 체찰사에게 보냈다. 장흥 부사도 체찰사에게 갔다. 해가 뉘엿할 때 우수사가 보고하기를, "이미 바람이 따뜻해졌고 작전을 세워 아군과 호응할 때를 당했으니 급히 소속 부하를 거느리고 본도(전라우도)로 가고자 한다"고 했다. 그 마음가짐이 몹시도 해괴하여 그의 군관과 도훈도에게 곤장 70대를 때렸다. 수사가 자기 부하를 거느리고 견내량에서 복병하는 데 대해 분하다고 하는 말이 매우 가소로웠다. 저녁에 송희립, 노윤발, 이원룡 등이 들어왔다. 희립은 다시 술을 가지고 왔다. 몸이 몹시 불편하여 밤새도록 식은땀을 흘렸다.

1596년 3월 12일 맑음

아침밥을 먹은 뒤에 몸이 노곤하여 잠깐 잠을 잤더니 처음으로 피로가 가신 듯하다. 경상 수사가 와서 같이 이야기했다. 여도 만호, 금갑도 만호, 나주 판관도 왔는데, 군관들이 술을 내었다. 저녁에 소국진蘇國秦이 체찰사 처소에서 돌아왔는데, 그 회답을 들으니 우도의 수군을 합하여 본도로 보내라는 것은 본의가 아니라고 한다. 우스운 일이다. 그 편에 들으니 원흉(원균)은 곤장 40대를, 장흥 부사는 20대를 맞았다고 한다.

5부
인내와 희생의 길을 가다

"이 원수를 무찌른다면 지금 죽어도 유한이 없겠습니다."

"싸움이 한창 급하다. 내가 죽었단 말을 버지 마라."

11장
출옥, 백의종군의 길을 걷다

1597년 4월 1일 맑음

옥문을 나왔다. 남대문(숭례문) 밖 윤간의 종의 집에 이르러 조카 봉, 분과 아들 울이 윤사행, 윤원경尹遠卿과 함께 앉아 오래도록 이야기했다. 지사 윤자신尹自新이 와서 위로하고 비변랑 이순지李純智가 와서 만났다. 더해지는 슬픔을 이길 길이 없었다. 지사가 돌아갔다가 저녁밥을 먹은 뒤에 술을 가지고 다시 왔다. 윤기헌尹耆獻도 왔다. 정으로 권하며 위로하기에 사양할 수 없어 억지로 마시고 몹시 취했다. 이순신이 술병째 가지고 와서 함께 취하며 위로해 주었다. 영의정 유성룡이 종을 보내고, 판부사 정탁鄭琢, 판서 심희수沈禧壽, 우의정 김명원金命元, 참판 이정형李廷馨, 대사헌 노직盧稷, 동지 최원崔遠, 동지 곽영郭嶸이 사람을 보내어 문안했다. 취하여 땀이 몸을 적셨다.

1597년 4월 2일 종일 비

여러 조카와 이야기했다. 방업方業이 음식을 매우 푸짐하게 차려 왔다. 필공*을 불러 붓을 매게 했다. 어두워질 무렵 성으로 들어가 영의정과 밤새 이야기하다가 닭이 울어서야 헤어져 나왔다.

1597년 4월 3일 맑음

일찍 남쪽으로 길을 떠났다. 금오랑 이사빈李士贇, 서리 이수영李壽永, 나장 한언향韓彦香은 먼저 수원부水原府(경기도 수원시)에 이르렀다. 나는 인덕원仁德院(경기도 과천시)에서 말을 먹이고 조용히 누워서 쉬다가 저물 무렵 수원에 들어가서 경기 체찰사 홍이상洪履祥 수하의 이름도 모르는 병사의 집에서 잤다. 신복룡愼伏龍이 우연히 수원에 왔다가 내 행색을 보고는 술을 준비해 가지고 와서 위로해 주었다. 수원 부사 유영건柳永健이 나와서 만나 봤다.

1597년 4월 4일 맑음

일찍 길을 떠나 독성禿城(경기도 오산시 양산동) 아래에 이르니, 판관 조발趙撥이 술을 준비해 놓고 장막을 치고 기다리고 있었다. 취하도록 술을 마시고 길을 떠나 바로 진위振威(경기도 평택시 진위면)의 구도로를 거쳐 냇가에서 말을 쉬게 했다. 오산五山(경기도 오산시)에 있는 황천상의 집에서 점심을 먹었다. 황천상은 내 짐이 무겁다고 말을 내어 실어 보내니 고마

필공筆工 붓 만드는 일을 직업으로 하는 사람

울 뿐이다. 수탄을 거쳐 평택현平澤縣(경기도 평택시) 이내은李內隱의 손자 집에 투숙했는데, 주인의 대접이 매우 친절했다. 자는 방이 몹시 좁은 데 불까지 때서 땀이 흘렀다.

1597년 4월 5일 맑음

해가 뜨자 길을 떠나 바로 선산*에 이르렀다. 수목이 거듭 들불을 겪어 말라비틀어져 차마 볼 수가 없었다. 무덤 아래에서 절하며 곡하는데 한참 동안 일어나지 못했다. 저녁이 되어 외가로 내려가 사당에 절하고, 그 길로 조카 뇌의 집에 이르러 조상의 사당에 곡하며 절했다. 전해 들으니 남양 아저씨가 별세하셨다고 한다. 저물 무렵 집에 이르러 장인, 장모님의 신위 앞에 절하고, 바로 작은 형님 요신과 아우 여필의 부인인 제수의 사당에도 다녀왔다. 잠자리에 들었으나 마음이 편치 않았다.

1597년 4월 6일 맑음

멀고 가까운 친척, 친구들이 모두 와서 모였다. 오랫동안 보지 못한 회포를 풀고 갔다.

1597년 4월 7일 맑음

금오랑이 아산현에서 왔기에 직접 나가 극진히 대접했다. 홍 찰방, 이별좌, 윤효원尹孝元이 와서 만나 봤다. 금오랑은 변흥백의 집에서 잤다.

선산先山 이순신 조상의 무덤이 있는 산. 충남 아산시 염치읍 소재

1597년 4월 8일 맑음

아침에 자리를 깔고 남양 아저씨 영전에 곡을 하고 상복을 입었다. 느지막이 변흥백의 집에 가서 이야기했다. 강계장姜楔長이 세상을 떠났다고 하여 내가 가서 조문하고, 오는 길에 홍석견洪石堅의 집에 들렀다. 느지막이 변흥백의 집에 이르러 금부도사를 만났다.

1597년 4월 9일 맑음

동네 사람들이 각기 술병을 가지고 와서 멀리 가는 이의 심정을 위로해 주기에, 인정상 거절하지 못하고 받아 마시니 매우 취해서 헤어졌다. 홍군우洪君遇가 노래를 불렀고 이 별좌도 노래를 불렀다. 나는 노래를 들어도 조금도 즐겁지 않았다. 금부도사는 술을 잘 마시면서도 흐트러짐이 없었다.

1597년 4월 10일 맑음

아침밥을 먹은 뒤 변흥백의 집에 이르러 금부도사와 함께 이야기했다. 느지막이 홍 찰방, 이 별좌 형제, 윤효원 형제가 와서 만났다. 이언길李彦吉, 허제許霽가 술을 들고 왔다.

1597년 4월 20일 맑음

공주 정천동에서 아침밥을 먹고 저녁에 이산尼山(충남 논산시 노성면 읍내리)에 가니, 고을 원이 반갑게 맞아 주었다. 군청 동헌에서 잤다. 김덕장金德章이 우연히 왔다가 서로 만났다. 금부도사도 와서 만나 봤다.

1597년 4월 21일 맑음

일찍 떠나 은원恩院(충남 논산시 은진면 연서리)에 이르니 김익金瀷이 우연히 왔다고 했다. 임달영이 곡식을 사러 배로 은진포에 왔다고 하는데, 행동이 몹시 괴상하고 거짓이 많았다. 저녁에 여산礪山(전북 익산시) 관노의 집에서 잤다. 한밤중에 홀로 앉아 있으니 비통한 마음을 견딜 수가 없다.

1597년 4월 22일 맑음

낮에 삼례역參禮驛(전북 완주군 삼례읍 삼례리) 역리의 집에 이르렀고, 저녁에는 전주 남문 밖 이의신李義臣의 집에서 묵었다. 판관 박근朴勤이 와서 만나 봤고, 부윤*도 후하게 대접해 주었다. 판관이 기름종이와 생강 등을 보내왔다.

1597년 4월 23일 맑음

일찍 떠나 오원역烏原驛(전북 임실군 관촌면 관촌리)에 이르러 역관에서 말을 쉬게 하고 아침밥을 먹었다. 얼마 후 도사가 왔다. 저물 무렵 임실현으로 가니 현감이 예로써 대접했다. 현감은 홍순각洪純慤이다.

1597년 4월 24일 맑음

일찍 떠나 남원南原(전북 남원시)에 이르렀다. 고을에서 15리쯤 되는 곳에

부윤府尹　지방 관아인 부(府)의 우두머리. 종이품 문관의 외관직으로 영흥부와 평양부, 의주부, 전주부, 경주부의 다섯 곳에 두었다.

서 정철丁哲 등을 만났는데, 남원부 5리 안까지 이르러서 서로 헤어졌다. 나는 곧바로 10리 밖의 동면 이희경李喜慶의 종의 집에 이르렀다. 서럽고 아픈 마음을 어찌 다 말로 하리오.

1597년 4월 25일 비 올 기미가 많음

아침밥을 먹은 뒤에 길을 떠나 운봉雲峯(전북 남원시 운봉읍) 박산취朴山就의 집에 들어가니, 비가 몹시 퍼부어 머리를 내놓을 수가 없었다. 여기서 들으니, 원수 권율이 벌써 순천으로 떠났다고 하기에 곧 사람을 금부도사에게 보내 머물러 있게 했다. 이 고을의 현감은 병 때문에 나오지 않았다.

1597년 4월 26일 흐리고 개지 않음

일찍 아침밥을 먹고 길을 떠나 구례현求禮縣(전북 구례군)에 이르니 금부도사가 먼저 와 있었다. 손인필孫仁弼의 집에 거처를 정했더니, 현감 이원춘李元春이 급히 보러 나와 매우 극진히 대접했다. 금부도사도 와서 만났다. 내가 금부도사에게 술을 권하라고 현감에게 청했더니, 현감이 대접을 극진히 했다고 한다. 밤에 앉아 있으니 그 비통함을 어찌 말로 다 하랴.

1597년 4월 27일 맑음

일찍 떠나 순천 송치松峙(전남 순천시 서면 학구리) 아래에 이르니 구례 현감이 사람을 보내어 점심을 짓게 했으나 돌려보냈다. 순천 송원松院(전남 순천시 서면 운평리)에 이르니, 이득종李得宗과 정선鄭瑄이 와서 문안했다. 저녁에 정원명鄭元溟의 집에 이르니, 원수가 내가 온 것을 알고 군관 권승경權承慶을 보내어 조문하고 또 안부를 물었는데, 위로하는 말이 매우 간곡했다. 저녁에 순천 부사 우치적禹致績이 와서 만나 봤다. 정사준도 와서 원균의 패악하고 망령된 행태에 대해 많은 이야기를 했다.

1597년 4월 28일 맑음

아침에 원수가 또 군관 권승경을 보내어 문안하며 전하기를, "상중에 몸이 피곤할 것이니 기운이 회복되는 대로 나오라"고 했다. 또 전하기를, "이제 들으니 친근한 군관이 통제영*에 있다 하므로 편지와 공문을 보내어 나오게 할 것이니, 데리고 가서 간호하도록 하라"고 하면서 편지와 공문을 만들어 왔다. 순천 부사의 소실이 세상을 떠났다고 한다.

1597년 4월 29일 맑음

신 사과와 방응원이 와서 만나 봤다. 병사 이복남李福男도 원수의 지시를 듣고 의논할 일이 있다고 하여 순천부로 들어왔다고 했다. 신 사과와 함께 이야기했다.

1597년 4월 30일 아침에 흐리고 저물 무렵에 비

아침밥을 먹은 뒤에 신 사과와 함께 이야기했는데, 병사를 머물게 해서

통제영統制營　조선 선조 26년(1593년)에 이순신이 삼도 수군통제사가 되어 한산도에 설치한 군영

술을 마시게 했다고 했다. 병사 이복남이 아침밥을 먹기도 전에 보러 와서 원균에 대해 많은 이야기를 나눴다. 전라 감사도 원수에게 왔다가 군관을 보내어 안부를 물었다.

1597년 5월 1일 비

신 사과가 머물면서 이야기를 나눴다. 순찰사 박홍로朴弘老와 병사는 원수가 머물고 있는 정사준의 집에 함께 모여 술을 마시며 매우 즐겁게 놀고 있다고 했다.

1597년 5월 2일 늦게 갬

원수는 보성으로 가고, 병사는 본영으로 갔다. 순찰사는 담양으로 가는 길에 와서 보고 돌아갔다. 순천 부사가 와서 봤다. 진홍국陳興國이 좌수영에서 돌아와 눈물을 뚝뚝 흘리면서 원균의 일을 말했다. 이형복李亨復과 신홍수申弘壽도 왔다. 남원의 종 끝돌이가 아산 집에서 돌아와 어머니의 영연이 평안하며, 또 변유헌은 식구들을 거느리고 무사히 금곡에 도착했다고 전했다. 홀로 빈 동헌에 앉아 있으니 비통함을 견딜 수가 없었다.

1597년 5월 3일 맑음

신 사과, 응원, 진홍국이 돌아갔다. 이기남李奇男이 와서 만났다. 아침에 둘째 아들 울의 이름을 열葆로 고쳤다. 열의 소리는 '기쁠 열悅'과 같으며, 뜻은 움이 돋아나거나 초목이 무성하게 자란다는 것으로 매우 좋은

164

글자이다. 느지막이 강소작지姜所作只가 보러 왔다가 곡을 했다. 오후 4시쯤에 비가 뿌렸다. 저녁에 부사가 와서 만났다.

1597년 5월 5일 맑음

새벽꿈이 매우 어지러웠다. 아침에 부사가 와서 만나 봤다. 늦게 충청 우후 원유남元裕男이 한산도에서 돌아와 원균의 못된 짓을 많이 전했으며, 또 진중의 장병들이 이탈하여 반역질을 하니 장차 일이 어찌 될지 헤아리지 못하겠다고 했다. 오늘은 단오절인데 천 리 밖에 멀리 와서 종군하느라 어머니 장례도 못 모시고 곡하고 우는 것도 마음대로 못하니, 무슨 죄로 이런 앙갚음을 당하는가. 나와 같은 사정은 고금을 통하여 짝이 없을 것이니, 가슴이 찢어지는 듯 아프다. 다만 때를 못 만난 것을 한탄할 따름이다.

1597년 5월 6일 맑음

꿈에 돌아가신 두 형님을 만났는데, 서로 붙들고 울면서 하시는 말씀이 "장사를 지내기 전에 천 리 밖으로 떠나와 군무에 종사하고 있으니, 도대체 누가 일을 주관한단 말인가. 통곡한들 어찌하리"라고 하셨다. 이는 두 형님의 혼령이 천 리 밖까지 따라와서 근심하고 애달파 함을 이렇게까지 한 것이니 비통함을 금치 못하겠다. 또 남원의 추수 감독하는 일을 염려하시는데, 그건 무슨 뜻인지 모르겠다. 연일 꿈자리가 어지러운 것도 아마 형님들의 혼령이 말없이 걱정하여 주는 터라 아픈 마음이 한결 더하다. 아침저녁으로 그립고 서러운 마음에 눈물이 엉겨 피가 되건마는, 하늘은 어찌 아득하기만 하고 내 사정을 살펴 주지 못하는가. 왜 어서 죽지 않는지. 능성 현감 이계명도 역시 상제의 몸으로 기용된 사람인데, 와서 보고 돌아갔다. 흥양의 종 우노음금禹老音金, 박수매朴守每, 조택趙澤과 순화의 처가 함께 와서 인사했다. 이기윤李奇胤과 몽생夢生이 오고 송정립宋廷立과 송득운宋得運도 왔다가 바로 돌아갔다. 저녁에 정원명이 한산도에서 돌아왔는데, 흉악한 자의 소행을 많이 이야기했다. 또 들으니 부찰사 한효순韓孝純이 좌영으로 나와서 병 때문에 머무르며 조리한다고 한다. 우수사 이억기가 편지를 보내어 조문했다.

1597년 5월 7일 맑음

아침에 정혜사의 중 덕수德修가 와서 미투리 한 켤레를 바쳤다. 거절하며 받지 않으니, 두세 번 드나들며 청하기에 값을 쳐 주어서 보내고 미투리는 바로 정원명에게 주었다. 느지막이 송대기宋大器와 유몽길柳夢吉이 와서 만나 봤다. 서산 군수 안괄安适도 한산도에서 돌아와 음흉한 자의 일에 대해 많은 이야기를 했다. 저녁에 이기남이 또 오고, 이원룡은 수영에서 돌아왔다. 안괄이 구례에 갔을 때 조사겸趙士謙의 수절녀와 사통하려 했으나 뜻을 이루지 못했다고 한다. 매우 놀랍다.

1597년 5월 8일 맑음

아침에 승장 수인守仁이 밥 지을 중인 두우杜宇를 데리고 왔다. 종 한경漢京은 일이 있어서 보성으로 보냈다. 흥양의 종 세충世忠이 녹도에서 망아지를 끌고 왔다. 궁장 이지李智가 돌아갔다. 이날 새벽꿈에 사나운 범

을 때려잡아서 가죽을 벗기고 휘둘렀는데, 이건 무슨 징조인지 모르겠다. 조종趙琮이 이름을 연壎으로 고치고는 와서 만났고, 조덕수趙德秀도 왔다. 낮에 망아지에 안장을 얹어 정상명이 타고 갔다. 음흉한 원균이 편지를 보내어 조문하니, 이는 곧 원수 권율의 명령이었다. 이경신이 한산도에서 와서 흉악한 원균의 일에 대해 많이 이야기했고, 또 말하기를, "그가 데리고 온 서리를 곡식을 사 오라는 구실로 육지로 보내 놓고 그의 아내를 사통하려 했는데, 그 여인이 악을 쓰며 말을 듣지 않고 밖으로 나와 고함을 질렀다"고 했다. 원균이 온갖 계략을 꾸며 나를 모함하려 하니 이 또한 운수로다. 뇌물로 실어 보내는 짐이 서울 길에 잇닿았으며, 그러면서 나를 헐뜯는 일이 날로 심하니, 스스로 때를 못 만난 것을 한탄할 뿐이다.

1597년 5월 9일 흐림

아침에 이형립李亨立이 보러 왔다가 곧 돌아갔다. 이수원이 광양에서 돌아왔다. 순천의 과거 급제자 강승훈姜承勳이 응모해 왔다. 순천 부사가 좌수영에서 돌아왔다. 종 경이 보성에서 말을 끌고 왔다.

1597년 5월 10일 궂은비

오늘은 태종太宗의 제삿날이다. 옛날부터 이날에는 비가 온다더니, 늦게 많은 비가 왔다. 박줄생이 와서 인사했다. 주인이 보리밥을 지어서 내왔다. 장님 임춘경任春景이 운수를 봐 가지고 왔다. 부찰사도 조문하는 글을 보내왔다. 녹도 만호 송여종宋汝悰이 삼과 종이 두 가지를 위문

품으로 보내왔다. 전라 순찰사는 백미, 중품미 각 10말씩에다 콩과 소금도 구해서 군관을 시켜 보낸다고 말했다.

1597년 5월 11일 맑음

김효성이 낙안에서 왔다가 바로 돌아갔다. 전 광양 현감 김성金惺이 체찰사의 군관을 이끌고 화살대를 구하러 순천에 이르렀다가 나를 보러 왔다. 소문을 많이 전했는데, 그 소문은 모두 흉악한 자의 일이었다. 부찰사가 온다는 통지가 왔다. 장위張渭가 편지를 보냈다. 정원명이 보리밥을 지어서 내왔다. 장님 임춘경이 와서 운수 본 것을 말했다. 부찰사가 순천부에 도착하자 정사립과 양정언梁廷彦이 와서 부찰사가 보러 오고자 한다고 전했으나, 몸이 불편하여 거절했다.

1597년 5월 12일 맑음

새벽에 이원룡을 보내어 부찰사에게 문안했더니, 부찰사도 김덕린을 보내어 문안했다. 저물 무렵에 이기남과 기운이 보러 왔다가 도양장으로 돌아간다고 고했다. 아침에 아들 열을 부찰사에게 보냈다. 신홍수가 보러 와서 원균의 점을 쳤는데, 크게 흉하다고 했다. 남해 현감 박대남이 조문 편지와 함께 여러 가지 물품 등을 보냈다. 저녁에 향사당*으로 가서 부찰사와 함께 밤이 깊도록 이야기한 뒤, 자정에야 숙소로 돌아왔다. 정사립과 양정언 등이 왔다가 닭이 운 뒤에 돌아갔다.

향사당鄕社堂   유향소留鄕所

1597년 5월 13일 맑음

어젯밤에 부찰사의 말이, 상사가 보낸 편지에 원균의 일 때문에 많이 탄식했다고 한다. 저녁 무렵에 정사준이 떡을 만들어 왔다. 순천 부사 우치적이 노자를 보내왔다. 너무 미안했다.

1597년 5월 14일 맑음

아침에 순천 부사가 와서 만나 보고 돌아갔다. 부찰사는 부유富有(전남 순천시 주암면 청촌리)로 향했다. 정사준, 정사립, 양정언이 와서 모시고 가겠다고 하기에 일찍 아침밥을 먹고 길을 떠나 송치 밑에 이르러 말을 쉬게 하고, 혼자 바위 위에 앉아서 한참 동안 곤하게 잤다. 운봉의 박산취가 왔다. 저물 무렵 찬수강粲水江(전남 순천시 황전면 섬진강)에 이르러 말에서 내려 걸어서 건넜다. 구례현 손인필의 집에 이르니 구례 현감 이원춘이 곧바로 보러 왔다.

1597년 5월 15일 비가 오다 개다 함

주인집이 너무 낮고 추하여 파리가 벌 떼처럼 들끓어 밥을 제대로 먹을 수가 없었다. 관아의 모정*으로 옮겨 왔더니 남풍이 바로 불어 들어왔다. 구례 현감과 함께 종일 이야기하다가 거기서 그대로 잤다.

모정茅亭 짚이나 새 따위로 지붕을 이은 정자

1597년 5월 16일 맑음

구례 현감과 같이 이야기했다. 저녁에 남원의 정탐군이 돌아와서 고하기를, "체찰사 이원익李元翼이 내일 곡성을 거쳐 이 구례현으로 들어와 며칠 묵은 뒤에 진주로 갈 것이다"라고 했다. 구례 현감이 점심을 내왔는데 매우 성찬이었다. 몹시 미안했다. 저녁에 정상명이 왔다.

1597년 5월 17일 맑음

구례 현감과 같이 이야기했다. 저녁에 남원의 정탐군이 돌아와서 고하기를, "원수가 운봉 길로 가지 않고 명나라 총병관 양원楊元을 영접하는 일로 완산(전주)으로 달려갔다"고 했다. 내가 여기 온 것이 헛걸음이라 민망스럽다.

1597년 5월 18일 맑음

동풍이 세게 불었다. 저녁에 김종려金宗麗 영감이 남원에서 곧바로 와서 만나 봤다. 충청 수영의 영리 이엽李燁이 한산도에서 왔기에 집에 보내는 편지를 부쳤다. 그러나 그가 아침 술에 취해 날뛰니 가증스럽다.

1597년 5월 19일 맑음

체찰사가 구례현에 들어온다고 하는데, 성안에 머물러 있기가 미안해서 동문 밖 장세호張世豪의 집으로 옮겨 나갔다. 예협정에 앉아 있는데, 구례 현감이 와서 만나 봤다. 저녁에 체찰사가 현으로 들어왔다. 오후 4시쯤에 소나기가 크게 쏟아지더니 오후 6시쯤 개었다.

느지막이 첨지 김경로가 와서 만났는데, 무주 장박지리長朴只里(충북 영동
군 학산면 박계리)의 농토가 아주 좋다고 말했다. 옥천에 사는 권치중權致中
은 김 첨지의 서출 처남인데, 장박지리라는 곳이 옥천 양산창梁山倉(충북
영동군 양산면 가곡리) 근처에 있다고 했다. 체찰사는 내가 머물고 있다는
소식을 듣고 먼저 공생*을 보낸 뒤 군관 이지각李知覺을 또 보내더니, 조
금 있다가 다시 군관을 보내어 조문하기를, "일찍 상을 당했다는 소식
을 듣지 못했다가 이제야 비로소 듣고 놀라 애도하는 마음에 조문합니
다"라고 했다. 그를 통해 저녁에 만날 수 있는가를 묻기에 대답하기를,
"저녁에 마땅히 가서 뵙겠다"고 했다. 어두울 무렵 가서 뵈니, 체찰사
는 소복을 입고 기다리고 있었다. 조용히 일을 의논하는 가운데 체찰사
는 개탄해 마지않았다. 밤이 깊도록 이야기하는 도중, "일찍이 임금의
분부가 있었는데 거기에 미안하다는 말이 많이 있었던바, 그 심정이 미
심쩍었으나 어떤 뜻인지를 알지 못하겠다"고 했다. 또 말하기를, "음흉
한 자의 무고하는 소행이 극심하건만 임금이 살피지 못하니 나랏일을
어찌할꼬"라고 했다. 떠나올 때 남 종사가 사람을 보내어 안부를 물었
으나, 밤이 깊어 나가서 인사하지 못하겠다는 대답을 보냈다.

박천博川(평안북도 박천군 박천읍) 유해柳海가 서울에서 내려와서 한산도로

공생貢生 지방 향교에 등록이 되어 학습하러 다니는 교생

가 공을 세우겠다고 한다. 또 말하기를, "은진현에 이르니, 은진 현감이 뱃길에 대한 것을 이야기하더라"고 한다. 유해가 또 말하기를, "중한 죄수 이덕룡李德龍을 고소한 사람이 옥에 갇혀 세 차례나 형장을 맞고 다 죽어 간다"고 하니 매우 놀랄 일이다. 또 과천의 좌수 안홍제安弘濟 등이 이상공에게 말과 20살 난 계집종을 바치고 풀려나 돌아갔다고 한다. 안은 본디 죽을죄도 아닌데 여러 번 매를 맞아 거의 죽게 되었다가 물건을 바치고서 석방이 되었다는 것이다. 안팎이 모두 바치는 물건의 많고 적음에 따라 죄의 경중을 결정한다니, 이러다가는 결말이 어떻게 될지 모르겠다. 이것이 이른바 돈만 있으면 죽은 사람의 넋도 찾아온다는 것이리라.

1597년 5월 22일 맑음

남풍이 세게 불었다. 아침에 손인필의 부자가 와서 만났다. 박천 유해가 승평으로 가서 그 길로 한산도로 간다고 하기에 전라, 경상 두 수사와 가리포 첨사 등에게 문안 편지를 써 보냈다. 느지막이 체찰사의 종사관 김광엽金光燁이 진주에서 이 고을로 들어오고, 배백기裵伯起, 배홍립裵興立 영감도 온다는 편지도 왔다. 그간의 정회를 풀 수 있을 것이니 매우 다행이다. 혼자 앉아 있노라니 비통하여 견디기가 어려웠다. 어두울 무렵 배 동지와 구례 현감이 와서 만났다.

1597년 5월 23일

아침에 정사룡鄭思龍과 이사순李士順이 보러 와서 원균의 일에 대해 많이 전했다. 느지막이 동지 배흥립은 한산도로 돌아갔다. 체찰사가 사람을 보내어 부르기에 가서 뵙고 조용히 의논하는데, 시국의 그릇된 일에 대해 몹시 분개하고 있으며, 이제 죽을 날만 기다린다고 했다. 내일 초계草溪(경남 합천군 초계면)로 간다고 했더니, 체찰사가 이대백李大伯이 모은 쌀 2섬을 보내 주기에 이를 성 밖 주인 장세휘張世輝의 집으로 보냈다.

1597년 5월 24일 맑음

종일 동풍이 세게 불었다. 아침에 광양 고응명高應明의 아들 고언선高彦善이 와서 만났는데, 한산도의 사정을 많이 전했다. 체찰사가 군관 이지각을 보내 안부를 묻고는, 경상 우도의 연해안 지도를 그리고 싶으나 별도리가 없으니 본 대로 그려 보내 주기를 바란다고 했다. 거절할 수가 없어서 지도를 대강 그려서 보냈다. 저녁에 비가 크게 쏟아졌다.

1597년 5월 25일 비

아침에 길을 떠나려다가 비에 막혀 가지 않고 혼자 시골집에 기대어 앉아 있으니 온갖 생각이 다 떠올랐다. 슬프고 그리운 생각을 어찌하랴. 어찌하랴.

1597년 5월 26일 종일 많은 비

비를 무릅쓰고 길을 막 떠나려는데, 사량 만호 변익성이 무슨 문초 받을 일로 이종호에게 잡혀서 체찰사 앞으로 왔다. 잠시 서로 마주 보고는 그 길로 석주관石柱關(전남 구례군 토지면 송정리)에 이르니, 비가 퍼붓듯

174

이 쏟아졌다. 말을 쉬게 했어도 길을 가기 어려워 엎어지고 자빠지며 간신히 악양岳陽(경남 하동군 악양면 평사리) 이정란李廷鸞의 집에 이르러, 곧 문을 닫고 거절했다. 그 집 뒤에도 기와집이 있어서 종들이 사방으로 흩어져 거처를 물색했지만 적당한 곳이 없어 조금 뒤에 돌아왔다. 이정란의 집은 김덕령의 아우 김덕린이 빌려 사는 집이다. 나는 아들 열을 시켜 억지로 청해서 들어가 잤다. 행장이 흠뻑 다 젖었다.

1597년 5월 27일 흐리다 개다 함

아침에 젖은 옷을 걸어 바람에 말렸다. 느지막이 길을 떠나서 두치豆恥 최춘룡崔春龍의 집에 이르자, 사량 만호 이종호가 먼저 와 있었다. 변익성은 곤장 20대를 맞고 꼼짝도 못한다고 했다. 유기룡柳起龍이 와서 만났다.

1597년 5월 28일 흐리되 비는 오지 않음

느지막이 길을 떠나 하동현河東縣(경남 하동군)에 이르니, 하동 현감 신진申蓁이 만나 보는 것을 기뻐하며 성안 별채로 맞아들여 매우 친절하게 대해 주었다. 그리고 원균의 하는 짓 가운데 미친 짓이 많다고 말했다. 날이 저물도록 이야기를 나누었다. 변익성도 왔다.

1597년 5월 29일 흐림

몸이 너무 불편하여 길을 떠날 수가 없었다. 그대로 머물면서 몸조리를 했다. 하동 현감은 정다운 이야기를 많이 했다. 황 생원이라고 하는 71세가량의 노인이 하동에 왔다. 원래는 서울 사람이지만 지금은 떠돌아다닌다고 했다. 나는 만나지 않았다.

1597년 6월 1일 비

일찍 떠나 청수역清水驛(경남 하동군 옥종면 정수리) 시냇가 정자에 이르러 말을 쉬게 했다. 저물녘에 단성丹城(경남 산천군 단성면)과 진주 지경에 있는 박호원朴好元의 농사짓는 종의 집에 투숙하려는데, 주인이 기꺼이 접대하기는 하나 잠자리가 좋지 않아 겨우겨우 밤을 지냈다. 비가 밤새도록 내렸다. 하동 현감이 기름종이 1개, 장지 2축, 백미 1섬, 참깨 5말, 들깨 3말, 꿀 5되, 소금 5말 등을 보냈고, 또 소 5마리도 보냈다.

1597년 6월 2일 비가 오다 개다 함

일찍 떠나 단계丹溪(경남 산청군 신등면 단계리) 시냇가에서 아침밥을 먹었다. 느지막이 삼가현三嘉縣에 이르니, 삼가 현감은 이미 산성으로 가고 없어 주인 없는 빈 관사에서 잤다. 고을 사람들이 밥을 지어 먹으라고 했으나 종들에게 먹지 말라고 타일렀다. 삼가현 5리 밖에 홰나무 정자가 있어 거기에 앉아 있는데, 근처에 사는 노순盧錞·노일盧鎰 형제가 와서 만났다.

1597년 6월 3일 비

아침에 떠나려고 하다가 비 때문에 길을 갈 수가 없어 어떻게 할까 걱정하던 중, 도원수의 군관 유홍柳泓이 홍양에서 왔다. 그에게 길을 물어보니 떠날 수 없을 정도라고 하여 그대로 묵었다. 아침에 고을 사람들

의 밥을 얻어먹었다는 말을 듣고는, 종들을 매질하고 쌀을 도로 갚아
주었다.

1597년 6월 4일 맑음

일찍 떠나려는데, 삼가 현감 신효업申孝業이 문안 편지와 함께 노자까지
보내왔다. 낮에 합천 땅에 이르러 고을에서 10리쯤 되는 곳에 괴목정이
있기에 아침밥을 먹었다. 너무 더워서 한참 동안 말을 쉬게 하고, 5리쯤
되는 곳에 가니 쌍 갈림길이 있었다. 한 길은 곧바로 합천군으로 들어
가는 길이요, 또 한 길은 초계로 가는 길이다. 강을 건너지 않고 곧바로
가다가 거의 10리쯤 가니, 원수 권율의 진이 바라보였다. 문보文珤가 살
고 있는 집에 들어가서 잤다. 개연介硯(경남 합천군 율곡면 영전리와 문림리 사
이의 산)으로 넘어오는데, 기암절벽이 천 길이나 되는 데다 강물은 굽이돌
며 깊었고, 건너질러 놓은 다리 또한 높았다. 만일 이 험한 곳을 지킨다
면 만 명의 군사라도 지나가지 못하겠다. 이곳이 모여곡毛汝谷이다.

1597년 6월 5일 맑음

서풍이 세게 불었다. 아침에 초계 군수가 급히 달려왔기에 곧 그를 불
러 이야기했다. 식사를 한 뒤 중군 이덕필도 달려왔기에 옛이야기를 했
다. 조금 있으니 심준이 와서 만나 보았다. 같이 점심을 먹고 거처할 방
을 도배했다. 저녁에 이승서李承緒가 보러 와서 파수병과 복병이 도피했
던 일에 대해 말했다. 이날 아침에 구례 사람과 하동 현감이 보내 준 종
과 말들을 모두 돌려보냈다.

1597년 6월 6일 맑음

잠자는 방을 다시 도배하고 군관이 쉴 대청 두 칸을 만들었다. 저녁 무렵에 모여곡 주인집의 이웃에 사는 윤감尹鑑과 문익신文益新이 와서 만나 봤다. 종 경을 이대백에게 보냈더니 색리가 나가고 없어서 그냥 왔다고 하며, 대백도 나를 한번 보러 오려 한다고 전했다. 어두워서 집에 들어갔는데, 그 집 과부는 다른 집으로 옮겼다.

1597년 6월 7일 맑음

원수 권율의 군관 박응사朴應泗와 유홍 등이 와서 만났다. 원수의 종사관 황여일黃汝一이 사람을 보내어 문안하므로 곧 답례하여 보냈다. 안방으로 들어가 잤다.

1597년 6월 8일 맑음

아침에 정상명鄭翔溟을 보내어 황 종사관에게 안부를 물었다. 이덕필과 심준이 와서 만났고, 고을 원님과 그 아우가 함께 와서 만났으며, 원수 [권율]를 마중 갔는데 원수의 일행 10여 명도 또한 와서 만났다. 점심밥을 먹은 뒤에 원수가 진에 이르렀으므로 나도 곧 나가 보았다. 종사관이 원수 앞에 있었고, 나는 원수와 함께 이야기했다. 얼마 후에 원수가 박성朴惺이 올린 사직서 초고를 보여 주는데, 박성은 원수의 처사가 몹시 허술하다고 진술했고, 원수는 스스로 불안하여 체찰사 이원익에게 글을 올렸다고 했다. 또 복병을 보내는 사항의 서류를 보고 저물어서야 돌아왔다. 몸이 매우 불편하여 저녁밥을 먹지 않았다.

1597년 6월 9일 흐림

느지막이 정상명을 원수에게 보내어 문안했고, 다음으로 종사관에게도 문안했다. 처음으로 노마료*를 받았다. 숫돌을 캐 왔는데 품질이 연일석*보다 낫다고 했다. 윤감, 문익신, 문보 등이 와서 만났다. 이날은 여필의 생일인데, 혼자 변방에 앉아 있으니 마음이 어떠하겠는가.

1597년 6월 10일 맑음

아침에 가라말*, 워라말*, 간자짐말*, 유짐말* 등의 편자가 떨어진 것을 갈아 박았다. 원수의 종사관이 삼척 사람 홍연해洪漣海를 보내어 문안하면서 좀 늦게 와서 보겠다고 했다. 홍연해는 홍견의 조카이다. 어릴 때 죽마고우 서철徐徹이 합천 땅 동면 율진栗津(경남 합천군 율곡면 율진리)에 사는데, 내가 왔다는 소식을 듣고 와서 만났다. 저녁에 원수의 종사관 황여일이 와서 만나고, 조용히 이야기하다가 임진년에 왜적을 무찌른 일에 대해 크게 찬탄해 마지않았다. 또 산성에 험한 요새를 쌓지 않은 데 대한 한탄과, 당면한 토벌과 방비의 대책이 허술한 것 등을 말했다. 밤이 깊은 줄도 모른 채 돌아갈 것을 잊고서 이야기했다. 또 말하기를, 내일은 원수가 산성을 살펴보러 간다고 했다.

노마료奴馬料 군복무의 대가로 받은 종과 말에게 먹일 비용
연일석延日石 경상도 연일현에서 나는 숫돌로 석질이 곱고 부드럽다.
가라말[加羅馬] 검은 말
워라말[月羅馬] 얼룩말
간자짐말[看者卜馬] 이마와 뺨이 흰 말
유짐말[騮卜馬] 갈기는 검고 배는 흰 말

1597년 6월 11일 맑음

중복이라 쇠를 녹이고 구슬을 녹일 것처럼 땅이 찌는 듯하였다. 명나라 차관경략군문差官經略軍門 이문경李文卿이 보러 왔기에 부채를 선물로 주어 보냈다. 엊저녁에 종사관과 이야기할 때, 변흥백의 종 춘이가 집안 편지를 가지고 와서 어머니의 영연이 평안한 것을 전하여 알았으니 쓰라린 마음을 어찌 다 말하랴. 다만 변흥백이 나를 만나 볼 일로 여기까지 왔다가 그냥 청도로 돌아갔다고 하니 참으로 한스럽다. 이날 아침에 편지를 써서 변흥백에게 보냈다. 아들 열이 토하고 설사하는 병을 앓아 밤새도록 신음하니 걱정하고 애태우며 고민한 심정을 어찌 말하랴. 닭이 울어서야 조금 나아져서 잠이 들었다. 이날 아침 한산도 여러 곳에 갈 편지 14장을 썼다. 경의 모친이 편지를 보냈는데, 말하기가 매우 괴롭다며 도둑이 또 일어났다고 했다. 작은 얼룩말이 먹지를 않으니 더위를 먹은 탓이다.

1597년 6월 12일 맑음

종 경과 인을 한산도 진으로 보냈다. 전라 우수사 이억기, 충청 수사 최호, 경상 수사 배설, 가리포 첨사 이응표, 녹도 만호 송여종, 여도 만호 김인영, 사도 첨사 황세득, 동지 배흥립, 조방장 김완, 거제 현령 안위, 영등포 만호 조계종, 남해 현감 박대남, 하동 현감 신진, 순천 부사 우치적 등에게 편지를 했다. 느지막이 승장 처영處英이 와서 인사하고 부채와 미투리를 바치므로 물건으로 갚아 보냈다. 적의 사정을 말하고 또 원균의 일도 말했다. 낮에 들으니 중군장 이덕필이 군사를 거느리고 적에게 갔다고 했으나 무슨 일인지 알 수 없었다. 원수에게 가 보니 우병사 김응서의 보고에, "부산의 적은 창원 등지로 떠나려 하고, 서생포의 적은 경주로 진을 옮긴다"고 했다. 그래서 복병군을 보내어 길을 막고 적에게 우리 군대의 위세를 뽐내려고 한 것이라고 했다. 병사의 우후 김자헌金自獻이 일이 있어 원수를 뵈러 왔다. 나도 그를 만나 보고는 달빛을 받으며 돌아왔다.

1597년 6월 13일 맑더니 늦게 부슬비가 뿌리다가 그침
느지막이 병사의 우후 김자헌이 보러 왔기에 한참 동안을 서로 이야기하다가 점심을 대접해서 보냈다. 이날 낮에 왕골*을 쪄서 말렸다. 어두워질 무렵에 청주 이희남의 종이 들어와서, "주인이 우병사의 부대에 입대했기 때문에 지금 원수의 진 근처까지 왔는데, 날이 저물어서 묵고 있다"고 했다.

1597년 6월 14일 흐리되 비는 오지 않음
이른 아침에 이희남이 들어와서 자기 누이의 편지를 전해 주었는데, 아산의 어머니 영연과 위아래 사람들이 두루두루 무사하다고 한다. 쓰리고 그리운 마음을 어찌 다 말하랴. 아침밥을 먹은 뒤에 이희남이 편지를 가지고 우병사 김응서에게 갔다.

왕골 사초과의 한해살이풀. 높이는 1.5m 정도이며, 잎은 뿌리에서 뭉쳐나고 좁고 길다. 줄기의 단면이 삼각형으로 질기고 강하여 돗자리, 방석 따위를 만드는 데 쓰인다.

1597년 6월 15일 맑고 흐림

오늘은 보름인데 몸이 군중에 있어서 어머니 영전에 잔을 올리어 곡하지 못하니 그리운 마음을 어찌 다 말하랴. 초계 군수가 떡을 마련하여 보냈다. 원수의 종사관 황여일이 군관을 보내어 전하기를, "원수가 오늘 산성으로 가려 한다"고 했다. 나도 뒤를 따라가서 큰 냇가에 이르렀다가, 혹시 다른 계획이 있을까 염려되어 냇가에 앉은 채로 정상명을 보내어 병이라고 아뢰고 그대로 돌아왔다.

1597년 6월 16일 맑음

종일 혼자 앉아 있었는데 찾아오는 이 하나 없었다. 아들 열과 이원룡을 불러 책을 만들어 변씨 족보를 쓰게 했다. 저녁에 이희남이 국문 편지를 보냈는데, "병마사가 보내 주지 않는다"고 했다. 변광조卞光祖가 와서 만났다. 아들 열은 정상명과 함께 큰 내로 가서 전마를 씻겨 가지고 왔다.

1597년 6월 17일 흐리되 비는 오지 않음

서늘한 기운이 감돌기 시작하여 밤에는 더욱 쓸쓸하다. 새벽에 앉아 있으니 이 아픔과 그리움을 어찌 다 말하랴. 아침밥을 먹은 뒤 원수에게 가니, 원균의 정직하지 못한 점에 대해 많은 말을 했다. 또 비변사에서 내려온 공문을 보이는데, 원균의 장계에 "수군과 육군이 함께 나가서 먼저 안골포의 적을 무찌른 연후에 수군이 부산 등지로 진군하겠다고 하니, 안골포의 적을 먼저 칠 수 없겠습니까?"라고 했다. 또 원수의 장계에 "통제사 원균이 전진하려고 하지 않고 오직 안골포의 적을 먼저 쳐야 한다고만 말한다. 또한 수군의 여러 장수가 대개 딴 마음을 품고 있을 뿐 아니라 원균은 안으로 들어가 나오지 않으니, 절대로 여러 장수와 대책을 합의하지 못할 것이므로 일을 망쳐 버릴 것이 뻔합니다"라고 했다. 원수에게 고하여 이희남과 변존서, 윤선각尹先覺 등에게 공문으로 독촉하여 오게 했다. 돌아올 때에 종사관 황여일이 머물고 있는 곳에 들어가 앉아서 한참 동안 이야기하다가 임시로 사는 집으로 돌아와 곧바로 이희남의 종을 의령 산성으로 보냈다. 청도 군수가 파발로 공문을 보내어 초계 군수에게 보여 주었으니, 참으로 양심이 없는 사람이다.

1597년 6월 18일 흐리되 비는 오지 않음

아침에 종사관 황여일이 종을 보내어 문안했다. 느지막이 윤감이 떡을 만들어서 왔다. 명나라 사람 섭위葉威가 초계에서 와서 말하기를, "명나라 사람 주언룡朱彦龍이 일찍이 일본에 사로잡혀 갔다가 이번에 비로소 나왔는데, 적병 10만 명이 벌써 대마도에 이르렀을 것이며, 고니시 유키나가는 의령을 거쳐 곧장 전라도를 침범할 것이요, 가토 기요마사加藤清正는 경주, 대구 등지로 진을 옮기어 그대로 안동으로 갈 것이다"라고 했다. 저물 무렵 원수가 사천에 갈 일이 있다고 알려 왔기에 곧 정상명을 보내어 물어보게 하니, 원수가 수군에 관한 일 때문에 간다고 했다.

1597년 6월 19일

새벽닭이 세 번 울 때 문을 나서서 원수의 진중에 이르려 하니 벌써 날이 훤히 밝았다. 진에 이르니 원수와 종사관 황여일이 함께 나와 앉아 있었다. 내가 들어가 뵈었더니 원수가 원균에 관한 일을 말하는데, "통제사 원균의 일은 말로 다할 수 없소. 흉악한 그는 조정에 청하여 안골포와 가덕도의 적을 모조리 무찌른 뒤에 수군이 나아가 토벌해야 한다고 하니, 이게 무슨 뜻이겠소. 질질 끌다가 나아가지 않으려는 뜻에 불과하오. 그래서 내가 사천으로 가서 세 수사에게 독촉하여 진격하게 할 것이오. 통제사는 내가 지휘할 것도 없소"라고 했다. 내가 또 조정에서 내려온 유지를 보니, "안골포의 적은 경솔하게 들어가 칠 것이 못 된다"고 했다. 원수가 간 뒤에 황 종사관과 함께 이야기하고 있는데, 얼마 후에 초계 군수가 왔다. 작별에 임하여 황 종사관이 초계 군수에게 "진찬순에게 심부름을 시키지 말라"고 했더니, 원수부의 병방 군관과 군수가 모두 그렇게 하겠다고 대답했다. 내가 돌아올 때 사로잡혔다가 도망쳐 돌아온 사람이 나를 따라왔다. 이날은 땅이 찌는 듯이 더웠다. 저녁에 작은 얼룩말에게 풀을 조금 먹였다. 낮에 군사 변덕기卞德基, 우영리 변덕장卞德章, 늙어서 제대한 아전 변경완卞慶琬, 나이 18세인 변경남卞敬男 등이 와서 만났다. 진사 이신길李信吉의 아들인 이일장李日章도 와서 만났다. 밤에 소나기가 크게 퍼부어 처마의 낙수가 쏟아지는 듯 요란했다.

1597년 6월 20일 종일 비가 오고 밤에 큰비

늦은 아침에 서철이 와서 만났다. 윤감, 문익신, 문보 등도 와서 만나고, 변유卞瑜도 와서 만났다. 오후에 종과 말에게 먹일 비용을 받아 왔다. 병든 말이 차차 나아졌다.

1597년 6월 21일 비가 오락가락함

새벽꿈에 덕德, 율온栗溫, 대臺 등이 보였는데, 모두 인사하며 반기는 빛이었다. 아침에 영덕 현령 권진경權晉慶이 원수를 뵈러 왔다가 그가 이미 사천으로 가고 없으니, 나에게 와서 만난 뒤 좌도의 일을 많이 전했다. 좌병사 군관이 편지를 가져왔기에 곧 답장을 써서 보냈다. 종사관 황여일이 사람을 보내어 문안했다. 저녁에 변존서와 윤선각이 들어와서 밤늦게까지 이야기했다.

1597년 6월 22일 비가 오락가락함

아침에 초계 군수가 연꿧국*을 끓여 가지고 와서 권하기는 했지만, 오만한 빛이 많이 있었다. 그의 처사가 무례함을 말해 무엇하랴. 느지막이 이희남이 들어와서 우병사의 편지를 전했다. 낮에 정순신鄭舜信, 정사겸鄭思謙, 윤감, 문익신, 문보 등이 와서 만나고, 이선손李先孫도 와서 만났다.

1597년 6월 23일 비가 오락가락함

아침에 불화살을 다시 다듬었다. 느지막이 우병사에게 편지를 보내고, 겸하여 크고 작은 환도를 보냈다. 그런데 가지고 오는 사람이 물에 빠

연꿧국 무, 두부, 다시마, 고기를 넣고 끓인 맑은 장국

뜨려 장식과 칼집이 망가졌으니 아깝다. 아침에 나굉羅宏의 아들 나재
흥羅再興이 자기 아버지의 편지를 가지고 와서 만나 봤다. 쪼들리는데도
노자까지 보내 주니 매우 미안스럽다. 오후에는 이방李芳이 와서 만났
는데, 그는 곧 아산 이몽서李夢瑞의 둘째 아들이다.

1597년 6월 24일

오늘은 입추이다. 새벽안개가 사방에 자욱하여 골짜기 안을 분간할 수
없었다. 아침에 수사 권언경權彦卿의 종 세공世功과 감손甘孫이 와서 무밭
의 일에 대해 아뢰었다. 또 생원 안극가安克可가 와서 만나 세상일을 이
야기했다. 무밭을 갈고 씨앗을 심는 일의 감독관으로 이원룡, 이희남,
정상명, 문임수文林守 등을 정하여 보냈다. 오후에 합천 군수가 조언형曺
彦亨을 보내어 안부를 물었다. 더위가 찌는 듯했다.

1597년 6월 25일 맑음

다시 무씨를 뿌리도록 명령했다. 아침을 먹기 전에 종사관 황여일이 와
서 만나 보고는 해전에 관한 많은 이야기를 했다. 또 원수가 오늘이나
내일 진중으로 돌아온다고 전했다. 군사 문제를 토론하다가 밤늦게야
돌아왔다. 저녁에 종 경이 한산도에서 돌아와 보성 군수 안홍국安弘國이
적탄에 맞아 죽었다는 소식을 전했다. 놀랍고 슬픈 마음을 이길 수가 없
다. 놀라 탄식할 따름이다. 적 한 놈도 잡지 못하고 먼저 두 장수를 잃었
으니 통탄할 일이다. 거제 현감이 사람을 시켜서 미역을 실어 보냈다.

1597년 6월 27일 맑음

아침에 어응린魚應麟과 박몽삼朴夢參이 돌아갔다. 이희남과 이방이 체찰사의 행차가 당도하는 곳으로 갔다. 느지막이 황여일이 와서 만나 한참 동안 이야기했다. 오후 3시쯤에 소나기가 크게 쏟아져 잠깐 사이에 물이 불었다고 했다.

1597년 6월 28일 맑음

황해도 백천에 사는 별장 조신옥趙信玉, 홍대방洪大邦이 와서 만났다. 초계 아전의 편지에 원수가 내일 남원으로 간다고 했다. 이날 새벽꿈이 매우 어지러웠다. 종 경이 물건을 사러 가서 돌아오지 않았다.

1597년 6월 29일 맑음

변주부가 마흘방馬訖坊(경남 합천군 적중면 말방리)으로 갔다. 종 경이 돌아왔다. 이희남, 이방 등이 돌아왔다. 중군장 이덕필과 심준이 와서 전하기를, "유격 심유경이 체포되어 가는데, 총병관 양원이 삼가에 이르러 꽁꽁 묶어 보냈다"고 했다. 문림수文林守가 의령에서 와서 전하기를, "체찰사가 벌써 초계역에 당도했다"고 했다. 새로 과거에 급제한 양간梁諫이 황천상의 편지를 가지고 왔다. 변주부가 마흘방에서 돌아왔다.

1597년 6월 30일 맑음

새벽에 정상명을 시켜 체찰사에게 문안을 드리게 했다. 이날 몹시 더워서 땅이 찌는 듯했다. 저녁에 흥양의 신여량申汝樑과 신제운申霽雲 등이 와서, 연해 지역에는 비가 알맞게 왔다고 전했다.

1597년 7월 1일 새벽에 비 오다가 저녁나절에 갬

명나라 사람 3명이 왔는데, 부산에 가는 길이라고 했다. 송대립宋大立이 송득운과 함께 왔다. 안각安珏도 와서 만났다. 저녁에 서철 및 방덕수와 그 아들이 와서 잤다. 이날 밤 가을 기운이 몹시 서늘하여 슬프고 그리워하는 마음을 어찌할 수가 없었다. 오늘이 인종仁宗의 제삿날이다. 송득운이 원수의 진에 다녀와서는 종사관 황여일이 큰 냇가에서 피리 소리를 듣고 있다고 전했다. 매우 놀라운 일이다.

1597년 7월 2일 맑음

아침에 변덕수가 돌아왔다. 느지막이 신제운과 평해에 사는 정인서鄭仁恕가 종사관의 심부름으로 문안하러 왔다. 오늘은 돌아가신 아버님 생신인데, 멀리 천 리 밖에 와서 군영에서 복무하고 있으니 인간사가 어찌 이러한가.

1597년 7월 3일 맑음

새벽에 앉아 있으니 싸늘한 기운이 뼛속에 스민다. 비통한 마음이 더욱 심해졌다. 제사에 쓸 유과와 밀가루를 장만했다. 정읍의 군사 이량李良, 최언환崔彦環, 건손巾孫 등 세 사람을 심부름 시키려고 데려왔다. 장준완蔣俊琬이 남해에서 와서 만났는데, 남해 현감의 병이 심하다고 전했다. 몹시 걱정스러웠다. 얼마 뒤 합천 군수 오운吳澐이 보러 와서 산성의 일을 많이 이야기했다. 점심밥을 먹은 뒤에 원수의 진으로 가서 종사관 황여일과 이야기했다. 종사관은 전적 박안의朴安義와 함께 활을 쐈다. 이때 좌병사가 군관을 시켜 항복한 왜군 2명을 압송해 보냈는데, 그들은 가토 기요마사의 부하라고 했다. 날이 저물어서 돌아왔는데, 고령 현감이 성주에 갇혔다는 소식을 들었다.

1597년 7월 4일 맑음

아침에 종사관 황여일이 정인서를 보내어 문안했다. 느지막이 이방李芳과 유황柳滉이 오고 자원군인 흥양의 양점梁霑, 양찬梁纘, 양기梁紀 등이 변방을 지키러 왔다. 변여량卞汝良, 변회보卞懷寶, 황언기黃彥己 등이 모두 급제하고 나서 보러 왔다. 변사중과 변대성 등도 또한 와서 만났다. 점심 후에 비가 뿌렸다. 아침밥을 먹을 때 안극가가 와서 만났다. 어두워질 때 비가 많이 내리더니 밤새도록 그치지 않았다.

1597년 7월 5일 비

이른 아침에 초계 군수가 체찰사의 종사관 남이공南以恭이 경내를 지나간다고 하면서 산성에서부터 문 앞을 지나갔다. 느지막이 변덕수가 왔다. 변존서가 마흘방으로 갔다.

1597년 7월 6일 맑음

꿈에 윤삼빙尹三聘을 만났는데, 나주로 귀양 간다고 했다. 느지막이 이방이 와서 만났다. 홀로 빈방에 앉았으니 그리움과 비통함을 어찌 말로 다할 것인가. 저녁에 바깥채에 나가 앉았다가 변존서가 마흘방에서 돌아왔기에 안으로 들어갔다. 안각 형제도 변홍백을 따라왔다. 이날 제사에 쓸 중배끼*를 만들어 봉해서 시렁 위에 얹었다.

1597년 7월 7일 맑음

오늘은 칠석이다. 슬프고 그리운 마음을 어찌 달랠 수 있겠는가. 꿈에 원균과 함께 모였는데, 내가 원균의 윗자리에 앉아 음식상을 받을 때 원균이 즐거운 기색을 보이는 것 같으니 무슨 징조인지 알 수가 없다. 박영남朴永男이 한산도에서 와서, "대장의 잘못으로 대신 죄를 받으려고 원수에게 붙들려 왔다"고 했다. 초계 군수가 철 따라 나오는 물건을 마련하여 보내왔다. 아침에 안각 형제가 와서 만났다. 저물 무렵 홍양의 박응사朴應泗가 와서 만나고, 심준 등도 와서 만났다. 의령 현감 김전金銓이 고령高靈(경남 고령군)에서 와서 병마사의 잘못된 처사에 대해 많은 말을 했다.

1597년 7월 8일 맑음

아침에 이방이 보러 왔기에 아침밥을 대접해서 보냈다. 그에게서 들으니 원수가 구례에서 이미 곤양에 이르렀다고 했다. 느지막이 집주인 이어해李漁海와 최태보崔台輔가 와서 만났다. 변덕수가 또 왔다. 저녁에 송대립, 유홍, 박영남이 왔는데, 송대립과 유홍 두 사람은 밤이 깊어서야 돌아갔다.

중배끼 밀가루를 꿀과 기름으로 반죽하여 넓게 민 다음, 네모지게 잘라 기름에 지진 유밀과

1597년 7월 9일 맑음

내일 아들 열을 아산으로 보내려고 제사에 쓸 과일을 쌌다. 저녁 무렵에 윤감, 문보 등이 술을 가지고 와서 열과 변존서 등에게 작별주를 권한 뒤 돌아갔다. 이날 밤은 달빛이 대낮같이 밝아서 어머니를 그리는 슬픔으로 울다가 밤늦도록 잠을 못 이루었다.

1597년 7월 10일 맑음

새벽에 열과 변존서를 보내려고 일어나 앉아서 날이 새기를 기다렸다. 일찍 아침밥을 먹었는데 정을 스스로 억누르지 못해 통곡하며 보냈다. 내가 무슨 죄를 지었기에 이 지경에 이르렀는가. 구례에서 온 말을 타고 가니 더욱 염려된다. 열이 막 떠나자 종사관 황여일이 와서 한참 동안 이야기했다. 느지막이 서철이 와서 만났다. 정상명이 종이로 말의 뱃대끈* 만들기를 끝냈다. 저녁에 홀로 빈방에 앉아 있으니, 어머니에 대한 그리움이 더욱 심하여 밤이 깊도록 잠을 이루지 못하고 밤새도록 뒤척거렸다.

1597년 7월 11일 맑음

열이 어떻게 갔는지 염려하는 마음을 견디기 어렵다. 더위가 극심하여 걱정이 끊이지 않았다. 느지막이 변홍달, 신제운, 임중형 등이 와서 만났다. 홀로 빈방에 앉아 있으니 어머니에 대한 그리움을 어찌하리오.

뱃대끈[馬鞘] 마소의 안장이나 길마를 얹을 때 배에 걸쳐서 졸라매는 줄

비통하고도 비통하다. 종 태문과 종이終伊가 순천으로 갔다.

1597년 7월 12일 맑음

아침에 합천 군수가 햅쌀과 수박을 보냈다. 점심을 지을 무렵에 방응
원, 현응진玄應辰, 홍우공洪禹功, 임영립林英立 등이 박명현朴名賢이 있는
곳에서 와서 함께 밥을 먹었다. 종 평세는 열을 따라갔다가 돌아왔다.
잘 갔다고 하니 다행이다. 그러나 슬프고 한탄스러움이야 어찌 말로 다
할 수 있으랴. 이희남이 사철쑥 100묶음을 베어 왔다.

1597년 7월 13일 맑음

아침에 남해 현령이 편지와 함께 음식물도 많이 보냈다고 하며, 또 전마
를 몰고 가겠다고 하기에 답장을 썼다. 느지막이 이태수李台壽, 조신옥,
홍대방이 와서 적을 토벌할 일에 대해 이야기했다. 송대립, 장득홍張得洪
도 왔다. 장득홍은 자비로 복무한다고 고하기에 양식 2말을 내주었다.
이날 칡을 캐어 왔다. 이방도 와서 만났다. 남해 아전이 심부름꾼 2명을
데리고 왔다.

1597년 7월 14일 맑음

이른 아침에 정상명과 종 평세, 귀인, 짐말 두 필을 남해로 보냈다. 정
상명은 전마를 끌고 오도록 보낸 것이다. 새벽꿈을 꾸었는데 내가 체찰
사와 함께 어느 곳에 이르니 많은 송장이 널려 있었는데, 그것을 밟거
나 목을 베기도 했다. 아침밥을 먹을 때 문인수文麟壽가 무명조개로 끓

인 국과 동아*로 졸인 음식을 가져왔다. 방응원, 윤선각, 현응진, 홍우공 등과 함께 이야기했다. 홍우공은 자기 아버지의 병 때문에 종군을 원하지 않아 팔이 아프다고 핑계하니 놀랍다. 오전 10시쯤에 종사관 황여일은 정인서를 보내어 문안했다. 또 김해 사람으로 왜놈에게 부역했던 김억金億의 편지를 보이는데, "7일에 왜선 500여 척이 부산을 드나들고, 9일에 왜선 1,000척이 합세하여 우리 수군과 절영도 앞바다에서 싸웠는데, 우리 전선 5척이 표류하여 두모포에 닿았고, 또 7척은 간 곳이 없다"고 했다. 그 말을 듣고는 분함을 이기지 못하여 곧바로 종사관 황여일에게 달려가서 상의하고, 그대로 앉아서 활 쏘는 것을 구경했다. 얼마 뒤 내가 타고 간 말을 홍대방에게 타 보라고 했는데 매우 잘 달렸다. 비가 올 것 같아 돌아왔는데 집에 도착하자마자 비가 마구 쏟아졌다. 밤 10시쯤에 맑게 개고 달빛이 조금씩 밝아져 낮보다 훨씬 더 밝으니 회포를 어찌 말로 다할 수 있겠는가.

1597년 7월 15일 비가 오락가락함

조신옥, 홍대방 등과 여기 있는 윤선각까지 9명을 불러서 떡을 차려 먹었다. 가장 늦게 중군 이덕필이 왔다. 그를 통해 우리 수군 20여 척이 적에게 패했다는 소식을 들었다. 참으로 분통이 터진다. 막을 방책이 없는 것이 한스럽다. 어두워진 뒤 비가 많이 내렸다.

동아 박과의 한해살이 덩굴성 식물

1597년 7월 16일 비가 오다 개다 하면서 종일 흐리고 맑지 않음

아침밥을 먹은 뒤에 손응남孫應男을 중군에게 보내어 수군의 사정을 알아보게 했다. 그가 돌아와 중군의 말을 전하기를, "좌병사의 긴급 보고를 보았더니 불리한 일이 많다"고 하면서 자세히 말하지 않더라고 하니 한탄스러운 일이다. 느지막이 변의정卞義禎이란 사람이 수박 두 덩이를 가지고 왔는데, 그 꼴이 형편없어 어리석고 용렬해 보였다. 후미진 촌에 사는 사람인지라 배우지 못하고 가난하다 보니 저절로 그렇게 된 것이리라. 그러나 소박하고 순한 모습이다. 이날 낮에 이희남에게 칼을 갈게 했는데, 아주 잘 들어 적장의 맨머리를 벨만 했다. 갑자기 소나기가 쏟아져 아들 열이 길 가는 데 고될 것 같아 마음이 놓이지 않았다. 저녁에 영암군 송진면에 사는 사노비 세남世男이 서생포에서 알몸으로 왔다. 그 까닭을 물으니, "7월 4일에 전 병사의 우후가 타고 있던 배의 격군이 되어 5일에 칠천도에 이르러 정박하고, 6일 옥포에 들어왔다가 7일에는 날이 밝기 전에 말곶을 거쳐 다대포에 이르니, 왜선 8척이 정박하고 있었습니다. 우리의 여러 배가 곧장 돌격하니, 왜놈들은 모두 육지로 올라가고 빈 배만 걸려 있게 되었습니다. 우리 수군은 그것을 끌어내어 불 질러 버리고, 그 길로 부산 절영도 바깥 바다로 향했습니다. 마침 적선 1,000여 척이 대마도에서 건너와서 서로 맞아 싸우려는데, 왜선이 흩어져 회피하므로 끝내 잡아서 섬멸할 수가 없었습니다. 제가 탔던 배와 다른 배 6척은 배를 제어할 수가 없이 표류되어 서생포 앞바다에 이르러 상륙하려다가 모두 살육당했습니다. 요행히 저만 혼자 숲속으로 기어 들어가 간신히 목숨을 보존하여 여기까지 왔습니다"라고 했다. 듣고 보니 참으로 놀라운 일이다. 우리나라에서 미더운 것은 오직 수군뿐이었는데, 수군마저 이와 같으니 다시 더 바라볼 것이 없다. 거듭 생각할수록 분하여 간담이 찢어지는 것만 같다. 또 선장 이엽李曄이 왜적에게 붙잡혀 갔다고 하니 더더욱 원통하다. 손응남이 집으로 돌아갔다.

1597년 7월 17일 비

아침에 이희남을 종사관 황여일에게 보내어 세남의 말을 전했다. 느지막이 초계 군수가 벽견 산성에서 와서 만나고 돌아갔다. 송대립, 유황, 유홍, 장득홍 등이 와서 만나고 날이 저물어서 돌아갔다. 변대현, 정운룡鄭雲龍, 정득룡鄭得龍 등은 초계 아전들인데, 어머니 성씨와 같은 파 사람으로서 와서 만났다. 많은 비가 종일 내렸다. 성명을 적지 않은 임명장을 신여길이 바다 가운데서 잃어버린 일로 심문 받으러 갔다. 경상 순변사가 그 기록을 가져갔다.

1597년 7월 18일 맑음

새벽에 이덕필, 변홍달이 와서 말하기를, "16일 새벽에 수군이 기습을 받아 통제사 원균과 전라 우수사 이억기, 충청 수사 최호 및 여러 장수가 큰 피해를 입고 수군이 대패했다"고 한다. 듣자니 통곡을 참지 못했다. 조금 있으니 원수가 와서 말하기를, "일이 이 지경까지 이르렀으니 어쩔 수 없다"고 하면서 오전 10시까지 이야기를 나누었으나 대책을 세우지 못했다. "제가 해안 지방으로 가서 보고 듣고 난 뒤에 방책을 정하는 것이 어떻겠습니까?"라고 했더니, 원수가 기뻐하며 승낙했다. 송대립, 유황, 윤선각, 방응원, 현응진, 임영립, 이원룡, 이희남, 홍우공과 함께 길을 떠나 삼가현에 이르니, 새로 부임한 삼가 현감이 나와서 기다리고 있었다. 한치겸韓致謙도 와서 오랫동안 이야기했다.

1597년 7월 19일 종일 비

오는 길에 단성의 동산 산성東山山城(경남 산청군 신안면 중촌리)에 올라가 그 형세를 살펴보니, 매우 험하여 적이 엿볼 수 없을 것 같았다. 그대로 단성현에서 잤다.

1597년 7월 20일 종일 비

아침에 권문임權文任의 조카 권이청權以淸이 와서 만나고, 단성 현감도 또한 와서 만났다. 낮에 진주 정개 산성定介山城(경남 하동군 옥종면 종화리) 아래에 있는 강가 정자에 이르니, 진주 목사가 와서 만나 봤다. 굴동屈洞 (경남 하동군 옥종면 문암리) 이희만李希萬의 집에서 잤다.

1597년 7월 21일 맑음

일찍 떠나 곤양군에 이르니 군수 이천추李天樞가 고을에 있고, 백성도 고을에 많이 남아 있어서 벼를 거두어들이기도 하고, 보리밭을 갈기도 했다. 점심밥을 먹은 뒤에 노량에 이르니, 거제 현령 안위와 영등포 만호 조계종 등 십여 명이 와서 통곡하고, 피해 나온 군사와 백성도 울부짖지 않는 이가 없었다. 경상 수사는 도망가고 보이지 않았다. 우후 이의득이 보러 왔기에 패하던 정황을 물었더니, 사람들이 모두 울면서 말하기를, "대장 원균이 적을 보고 먼저 육지로 달아났으며, 여러 장수도 모두 그를 따라 육지로 달아나서 이렇게 되었다"고 했다. 그들은 대장의 잘못을 입으로는 다 말할 수 없으며, 그 살점이라도 뜯어먹고 싶다고들 했다. 거제의 배 위에서 자면서 거제 현령 안위와 함께 밤 2시까지 이야기했다. 조금도 눈을 붙이지 못해 눈병이 생겼다.

1597년 7월 22일 맑음

아침에 경상 수사 배설이 와서 보고, 원균이 패망하던 일에 대해 많이 이야기했다. 식사를 한 뒤에 남해 현감 박대남이 있는 곳에 이르니, 병이 거의 구할 수 없게 되었다. 전마를 서로 바꾸자고 다시 이야기했다. 종 평세와 군사 한 명을 데려오겠다고 했다. 오후에 곤양에 이르렀으나 몸이 불편하여 그대로 잤다.

1597년 7월 23일 비가 오락가락함

아침에 노량에서 만든 공문을 송대립에게 주어 먼저 원수부에 보냈다. 곧 뒤따라 떠나 십오리원十五里院(경남 사천시 곤명면 봉계리)에 이르니 배흥립의 부인이 먼저 와 있었다. 말에서 내려 잠깐 쉬고 진주 운곡雲谷(경남 하동군 옥종면 종화리)의 전에 묵었던 곳에 이르러 잤다. 배흥립도 와서 잤다.

1597년 7월 24일 비

한치겸, 이안인이 부찰사에게 돌아갔다. 식사를 한 뒤에 이홍훈李弘勛의

집으로 옮겼다. 방응원이 정개 산성에서 와서 전하기를, "종사관 황여
일이 정개 산성에 이르렀다"고 했다. 이날 저녁에 조방장 배경남이 보
러 왔기에 술을 내어 주며 위로했다.

1597년 7월 25일 늦게 갬

종사관 황여일이 편지를 보내어 문안했다. 조방장 김언공金彦恭이 와서
만나고는 그 길로 원수부로 갔다. 배수립裵樹立이 와서 만나고, 이곳 주
인 이홍훈도 와서 만나 봤다. 남해 현감 박대남이 그의 종 용산龍山을 보
내어 내일 들어오겠다고 전했다. 저녁에 배흥립에게 가서 문병하니, 고
통이 극도로 심해 보여 매우 걱정되었다. 송득운을 종사관에게 보내어
문안했다.

1597년 7월 26일 비가 오락가락함

일찍 아침밥을 먹고 정개 산성 아래에 있는 송정 아래로 가서 황 종사
관과 진주 목사와 함께 이야기했다. 날이 늦어서야 숙소로 돌아왔다.

1597년 7월 27일 종일 비

이른 아침에 정개 산성 건너편 손경례孫景禮의 집으로 옮겨 머물렀다.
저녁 무렵에 동지 이천李薦과 판관 정제鄭霽가 체찰사에게서 와서 전령
을 전달했다. 함께 저녁밥을 먹었다. 동지 이천은 조방장 배경남에게 가
서 잤다.

1597년 7월 28일 비

이희량이 와서 만나 봤다. 초저녁에 동지 이천, 진주 목사, 소촌찰방 이시경李蓍慶이 와서 밤새 이야기하다가 자정이 지나 돌아갔다. 의논한 일이 모두 대응책에 대한 것이었다.

1597년 7월 29일 비가 오락가락함

아침에 이 군거君擧 영공과 함께 밥을 먹고는 그를 체찰사 앞으로 보냈다. 느지막이 냇가로 나가 군사를 점검하고 말을 달렸는데, 원수가 보낸 군사는 모두 말도 없고 활과 화살도 없어 아무 쓸 데가 없었다. 탄식할 일이다. 저녁에 들어올 때 배흥립과 남해 현감 박대남에게 들렀다. 밤새 많은 비가 왔다. 찰방 이시경에게 사람을 보내어 안부를 물었다.

1597년 8월 1일 큰비가 와서 물이 넘침

느지막이 찰방 이시경이 와서 만나 봤다. 조신옥, 홍대방 등이 와서 만났다.

1597년 8월 2일 잠시 갬

홀로 수루의 마루에 앉아 있으니 그리운 마음이 어떠하랴. 비통할 따름이다. 이날 밤 꿈에 임금님의 명령을 받을 징조가 있었다.

12장
삼도 수군통제사 재임명,
진영에 나가 승리를 거두다

이른 아침에 선전관 양호梁護가 교서와 유서를 가지고 왔다. 그 내용은
곧 나에게 삼도 수군통제사를 겸하라는 명령이었다. 숙배를 한 뒤에 삼
가 받들어 받았다는 서장을 써서 봉해 올리고, 곧 길을 떠나 두치로 가
는 길로 들어섰다. 초저녁에 행보역行步驛(경남 하동군 횡천면 여의리)에 이르
러 말을 쉬게 하고, 자정에 길을 떠나 두치에 이르니 날이 새려 했다.
남해 현감 박대남은 길을 잘못 들어 강정으로 들어갔기에 말에서 내려
기다렸다가 불러왔다. 쌍계동雙溪洞(경남 하동군 화개면 탑리)에 이르니, 길
에 돌이 어지러이 솟아 있고 갓 내린 비에 물이 넘쳐흘러 간신히 건넜
다. 석주관에 이르니, 이원춘과 유해가 복병하여 지키다가 나를 보고는
적을 토벌할 일에 대해 많은 이야기를 했다. 저물어서 구례현에 이르니
일대가 온통 쓸쓸하다. 성 북문 밖의 전날 묵었던 주인집으로 가서 잤

201

는데, 주인은 이미 산골로 피난 갔다고 한다. 손인필이 바로 와서 만났는데 곡식까지 지고 왔으며, 손응남은 철 이른 감을 가져왔다.

1597년 8월 4일 맑음

아침밥을 먹은 뒤에 출발하여 압록강원鴨綠江院(전남 곡성군 죽곡면 압록리)에 이르러 점심밥을 짓고 말도 먹였다. 고산 현감 최진강崔鎭剛이 군사를 교체할 일로 와서 수군의 일에 대해 많은 이야기를 나눴다. 오후에 곡성에 이르니 관청과 여염집이 하나같이 비어 있었다. 그 현청에서 잤다. 남해 현감 박대남은 곧장 남원으로 갔다.

1597년 8월 5일 맑음

아침밥을 먹은 뒤에 옥과 경계에 이르니 피난민들로 길이 가득 찼다. 놀라운 일이다. 말에서 내려 타일렀다. 옥과현에 들어갈 때 이기남 부자를 만나 함께 현에 이르니 정사준, 정사립이 와서 마중했다. 옥과 현감은 처음에는 병을 핑계 대며 나오지 않았다. 붙잡아다 처벌하려고 하니 그제야 나와서 봤다.

1597년 8월 6일 맑음

이날은 옥과에 머물렀다. 밤 8시쯤에 송대립이 적을 정탐하고 왔다.

1597년 8월 7일 맑음

아침 일찍 길을 떠나 곧장 순천으로 갔다. 길에서 선전관 원집元㳽을 만나 임금의 분부를 받았다. 병마사가 거느렸던 군사들이 모두 패하여 돌아가는 모습이 줄을 이었으므로, 말 3필과 활, 화살을 약간 빼앗아 왔다. 곡성의 강정에서 잤다.

1597년 8월 8일

새벽에 길을 떠나 부유창富有倉(전남 순천시 주암면 창촌리)에서 아침밥을 먹었다. 병사 이복남이 이미 명령하여 일부러 불을 질러 놓았다. 광양 현감 구덕령具德齡, 나주 판관 원종의元宗義, 옥구 현감 김희온金希溫 등이 창고 바닥에 숨어 있다가 내가 왔다는 말을 듣고 급히 달려가 배경남과 함께 구치鳩峙(전남 순천시 주암면 행정리 접치)로 달아났다. 내가 곧 전령을 내리니 한꺼번에 와서 절했다. 피해 다니는 행동을 들추어 꾸짖었더니, 모두가 그 죄를 병사 이복남에게로 돌렸다. 곧장 길을 떠나 순천에 이르니, 성 안팎에 사람 발자취가 하나도 없어 적막했다. 오로지 중 혜희惠熙가 와서 알현하므로 의병장의 사령장을 주고, 총통 같은 것은 옮겨 묻게 했다. 장전과 편전은 군관들에게 나누어 소지하게 하고 그대로 거기에서 머물러 잤다.

1597년 8월 9일 맑음

일찍 떠나 낙안에 이르니, 많은 사람이 5리까지 멀리 나와 인사했다. 백성이 흩어져 달아난 까닭을 물으니 모두 말하기를, "병사가 적이 쳐들어온다고 떠들면서 창고에 불을 지르고 달아났기 때문에 백성도 뿔뿔이 흩어졌다"고 했다. 관청에 들어가니 적막하여 인기척도 없었다. 순

203

천 부사 우치적, 김제 군수 고봉상高鳳翔 등이 와서 만났다. 느지막이 보성 조양창兆陽倉(전남 보성군 조성면 조성리)에 이르러 김안도金安道의 집에서 잤다.

1597년 8월 10일 맑음
몸이 몹시 불편하여 그대로 김안도의 집에 머물렀다.

1597년 8월 11일 맑음

아침에 양상원梁山沅의 집으로 옮겨 머물렀다. 송희립, 최대성이 와서 만났다.

1597년 8월 12일 맑음

장계의 초안을 잡고, 그대로 머물렀다. 거제 현령 안위安衛와 발포 만호 소계남蘇季男이 와서 만났다.

1597년 8월 13일 맑음

거제 현령과 발포 만호가 와서 인사하고 돌아갔다. 수사 배설과 여러 장수 및 피해 나온 사람들이 묵고 있는 곳을 알았다. 우후 이몽구는 오긴 했으나 보러 오지 않았다. 하동 현감 신진을 통해 들으니, 진주 정개 산성과 벽견 산성도 병사 이복남이 스스로 진을 깨뜨려 버렸다는 것이다. 통탄할 일이다.

1597년 8월 14일

아침에 이몽구에게 곤장 80대를 쳤다. 식사를 한 뒤에 장계 7통을 봉하여 윤선각에게 지니고 가게 했다. 오후에 어사 임몽정任蒙正을 만날 일로 보성에 가서 잤다. 밤에 많은 비가 쏟아지듯 내렸다.

1597년 8월 15일 비 오다가 저녁나절에 갬

식사를 한 뒤 열선루列仙樓에 나가 앉아 있으니 선전관 박천봉朴天鳳이 임금의 분부를 가지고 왔다. 그것은 8월 7일에 만들어진 공문이었다. 영의정은 경기 지방으로 나가 순행 중이라 했다. 곧 받들어 잘 받았다는 장계를 썼다. 보성의 군기를 검열하여 4마리 말에 나누어 실었다. 저녁에 밝은 달이 수루 위를 비추니 심회가 매우 편치 않았다.

1597년 8월 16일 맑음

아침에 보성 군수와 군관 등을 굴암으로 보내어 피해 달아난 관리들을 찾아오게 했다. 선전관 박천봉이 돌아가는 편에 나주 목사와 어사 임몽정에게 답장을 부쳤다. 사령들을 박사명朴士明의 집에 보냈더니, 그의 집은 이미 비어 있다고 했다. 오후에 궁장 지이와 태귀생太貴生, 선의先衣, 대남大男 등이 들어왔다. 김희방金希邦, 김붕만이 뒤따라왔다.

1597년 8월 17일 맑음

일찍이 아침밥을 먹고 곧장 장흥 땅 백사정白沙汀(전남 장흥군 장흥읍 원도리)에 이르러 말을 먹였다. 점심밥을 먹은 뒤 군영구미軍營仇未(전남 강진군 대구면 구수리)에 이르니 일대가 모두 무인지경이 되어 버렸다. 수사 배설은 내가 탈 배를 보내지 않았다. 장흥의 군량 감관과 색리가 군량을 모조리 훔쳐 나누어 가려 했으나 마침 그때 이르러 잡아다가 호되게 곤장을 쳤다. 그대로 머물러 잤다.

1597년 8월 18일 맑음

회령포會寧浦(전남 장흥군 회진면 회진리)에 갔더니, 경상 수사 배설이 멀미를

핑계 삼아 와 보지 않았다. 회령포 관사에서 잤다.

1597년 8월 19일 맑음

여러 장수가 교서에 숙배하는데, 수사 배설은 받들어 숙배하지 않았다. 그 능멸하고 오만한 태도가 이루 말할 수 없기에 그의 부하에게 곤장을 쳤다. 회령포 만호 민정붕이 전선에서 받은 물건을 사사로이 피란민 위덕의魏德毅 등에게 준 죄로 곤장 20대를 쳤다.

1597년 8월 20일 맑음

앞 포구가 몹시 좁아서 진을 이진梨津(전남 해남군 북평면 이진리)으로 옮겼다.

1597년 8월 21일 맑음

새벽에 토하고 설사하는 병이 나서 심하게 앓았다. 몸을 차게 해서 그런가 생각되어 소주를 마셨더니, 얼마 뒤 인사불성이 되어 깨어나지 못할 뻔했다. 앉아서 밤을 새웠다.

1597년 8월 22일 맑음

토하고 설사하는 병이 점점 심해져서 일어나 움직일 수가 없었다.

1597년 8월 23일 맑음

병세가 매우 심해져서 배에 머무르기가 불편하여 배 타는 것을 포기하고 바다에서 나와 육지에서 잤다.

1597년 8월 24일 맑음

아침 일찍 도괘刀掛(전남 해남군 북평면 영전리)에 이르러 아침밥을 먹었다. 낮에 어란於蘭(전남 해남군 송지면 어란리) 앞바다에 이르니, 가는 곳마다 텅 텅 비었다. 바다 가운데서 잤다.

1597년 8월 28일 맑음

적선 8척이 뜻하지도 않게 들어왔다. 여러 배가 두려워 겁을 먹고 후퇴 하려 하고, 경상 수사 배설裵楔도 피하여 물러나려 했다. 나는 꼼짝하지 않고 있다가 적선이 바짝 다가오자 호각을 불고 깃발을 휘두르며 따라 잡도록 명령하니 적선이 물러갔다. 갈두葛頭(전남 해남군 송지면 갈두리)까지 뒤쫓아갔다가 돌아왔다. 저녁에는 진을 장도獐島(전남 해남군 송지면 내장)로 옮겼다.

13장
명군의 구원, 합력하여 왜적을 물리치다

1598년 9월 15일 맑음

명나라 도독都督 진린陳璘과 함께 일제히 군대를 움직여 나로도羅老島(전남 고흥군 봉래면)에 이르러서 잤다.

1598년 9월 16일 맑음

나로도에 머물면서 도독 진린과 함께 술을 마셨다.

1598년 9월 17일 맑음

나로도에 머물면서 도독 진린과 함께 술을 마셨다.

1598년 9월 18일 맑음

낮 2시쯤에 출항하여 방답에 이르렀다.

1598년 9월 19일 맑음

아침에 좌수영 앞바다에 옮겨 정박하니, 눈앞에 보이는 모습이 참담하다. 자정쯤에 달빛을 타고 하개도何介島(전남 여수시와 여천시 사이)로 옮겨 대었다가 채 날이 밝기도 전에 출항했다.

1598년 9월 20일 맑음

오전 8시쯤에 묘도猫島(전남 여수시 묘도동)에 이르니, 명나라 육군 제독 유정劉綎이 벌써 진군했다. 수륙으로 협공했더니 적의 기세가 크게 꺾여 두려워하는 모습이 많았다. 수군이 드나들며 대포를 쏘아 댔다.

1598년 9월 21일 맑음

아침에 진군하여 화살을 쏘기도 하고 화포를 쏘기도 하며 종일 싸웠으나 물이 너무 얕아서 진격해 들어갈 수가 없었다. 남해의 적이 가벼운 배를 타고 들어와 정탐하려 하기에 허사인許思仁 등이 추격하니, 왜적들은 육지로 올라가 산으로 도망갔다. 왜놈들의 배와 여러 가지 물건을 빼앗아 와서 도독 진린에게 바쳤다.

1598년 9월 22일 맑음

아침에 진군하여 나갔다가 명나라 유격군이 왼쪽 어깨에 탄환을 맞았으나 중상은 아니었다. 명나라 군사 11명이 적의 탄환에 맞아 죽었다. 지세포 만호와 옥포 만호도 탄환에 맞았다.

1598년 9월 24일 맑음

명나라 장수 진대강陳大綱이 돌아갔다. 원수 권율의 군관이 공문을 가지고 왔다. 충청 병사 이시언李時言의 군관 김정현金鼎鉉이 왔다. 남해 사람 김덕유金德酉 등 5명이 나와서 그 고을에 있는 왜적의 정세를 전했다. 진대강이 돌아갔다.

1598년 9월 25일 맑음

진대강이 도로 와서 제독 유정의 편지를 전했다. 이날 육군은 비록 공격을 하려고 했으나 기구가 완전치 못했다. 김정현이 와서 만나 봤다.

1598년 9월 27일 비

서풍이 세게 불었다. 아침에 명나라 군문 형개邢玠가 수군이 재빨리 진군한 것을 가상히 여긴다는 내용의 글을 보냈다. 식사를 한 뒤에 도독 진린을 만나서 조용히 의논했다. 종일 바람이 세게 불었다. 저녁에 신호의愼好義가 보러 왔다가 갔다.

1598년 9월 30일 맑음

오늘 저녁 명나라 유격 왕원주王元周, 유격 복일승福日昇, 파총 이천상李天常이 배 100여 척을 거느리고 진으로 왔다. 이날 밤 휘황찬란하게 등불을 밝히니, 적의 무리들이 간담이 서늘했을 것이다.

1598년 10월 1일 맑음

도독이 새벽에 제독 유정에게 가서 잠깐 서로 이야기했다.

1598년 10월 2일 맑음

아침 6시쯤에 진군했는데, 우리 수군이 먼저 나가서 정오까지 싸워 적을 많이 죽였다. 사도 첨사 황세득이 적탄에 맞아 전사하고, 이청일李清一도 죽었다. 제포 만호 주의수朱義壽, 사량 만호 김성옥金聲玉, 해남 현감 유형, 진도 군수 선의문宣義問, 강진 현감 송상보宋尙甫 등은 탄환에 맞았으나 죽지는 않았다.

1598년 10월 3일 맑음

도독 진린이 제독 유정의 비밀 서신에 따라 초저녁에 진군하여 자정에 이르기까지 싸웠다. 명나라 사선* 19척, 호선 20여 척이 불에 탔다. 도독이 안절부절못하는 모습은 이루 말할 수 없다. 안골포 만호 우수禹壽가 탄환에 맞았다.

1598년 10월 4일 맑음

이른 아침에 출항하여 왜적을 공격하며 종일 싸우니, 적들이 허둥지둥 달아났다.

사선沙船 바닥이 평평하며 야트막한 배. 물이 얕은 연안에 항해하기 편리하게 만든 배

1598년 10월 5일 맑음

서풍이 세게 불어 배들을 겨우 정박하고 하루를 보냈다.

1598년 10월 6일 맑음

서북풍이 세게 불었다. 도원수 권율이 군관을 보내어 편지를 전하는데, "제독 유정이 달아나려 한다"고 하니 참으로 통분할 일이다. 나랏일이 장차 어떻게 될 것인가.

1598년 10월 9일

육군이 이미 철수했으므로 도독과 함께 배를 거느리고 바닷가의 정자에 이르렀다.

1598년 11월 8일

명나라 도독부를 방문하여 위로연을 베풀어 주고 어두워져서야 돌아왔다. 조금 있으니 도독이 만나고자 하므로 곧 나갔다. 도독이 말하기를, "순천 왜교倭橋(전남 순천시 해룡면 신성리)의 적들이 초열흘 사이에 철수하여 도망한다는 기별이 육지에서 왔으니, 급히 진군하여 돌아가는 적들의 길을 끊어 막자"고 했다.

1598년 11월 9일

도독과 함께 일제히 진군하여 백서량白嶼梁(전남 여천군 남면 횡간도)에 이르러 진을 쳤다.

1598년 11월 10일

좌수영 앞바다에 이르러 진을 쳤다.

1598년 11월 11일

묘도에 이르러 진을 쳤다.

1598년 11월 13일

왜선 10여 척이 장도獐島(전남 여천군 율촌면)에 나타나자, 곧 도독과 약속하고 수군을 거느리고 추격했다. 왜선이 물러가 움츠리고 하루 종일 나오지 않았다. 도독과 더불어 장도로 돌아와 진을 쳤다.

1598년 11월 14일

왜선 2척이 강화할 목적으로 바다 중간쯤에 나왔다. 도독이 왜말 통역관을 시켜 왜선을 마중하여 오게 했다. 오후 8시쯤에 왜의 장수가 작은 배를 타고 도독부로 들어와서 돼지 2마리와 술 2통을 도독에게 바쳤다고 했다.

1598년 11월 15일

이른 아침에 도독에게 가 보고, 잠깐 이야기하고서 돌아왔다. 왜선 2척이 강화하는 일로 두 번 세 번 도독의 진중을 드나들었다.

1598년 11월 16일

도독이 진문동陳文同을 왜의 진영으로 들여보냈더니, 조금 있다가 왜선 3척이 말과 창, 칼 등을 가져와 도독에게 바쳤다.

1598년 11월 17일

어제 복병장 발포 만호 소계남과 당진포 만호 조효열趙孝悅 등이 왜의 중선中船 1척이 군량을 가득 싣고 남해에서 바다를 건너는 것을 한산도 앞바다까지 추격했다. 왜적은 한산도 기슭을 의지하여 육지로 올라가 도망쳤고, 잡은 왜선과 군량은 명나라 군사에게 빼앗긴 채 빈손으로 돌아와 보고했다.

국가의 위기와 개인의 고뇌를 담은
일기 문학의 백미『난중일기』

● 진중에서, 일상에서, 하루하루를 정리하며

우리에게 너무나 유명한 충무공 이순신의 『난중일기』는 제목에서 드러나듯 전란 중(임진왜란)에 쓴 일기이다. 평상시에 쓴 일기와는 달리 전쟁의 추이와 전투, 그리고 전쟁의 참화를 중심으로 하면서 개인적 심회를 강하게 드러내고 있다. 전쟁에 참전한 장수의 면모와 자연인으로의 개인적 고뇌가 일기의 내용에 섞여 있어 진중일기와 신변일기라는 두 가지 성격을 보인다. 진중일기의 면모는 다음 글을 통해서 볼 수 있다.

전라 우수사 이억기가 오지 않아서 홀로 여러 장수를 거느리고 새벽에 출항하여 곧장 노량에 이르렀다. 경상 우수사 원균이 미리 만나기로 약속한 곳에 와 있어서 함께 의논했다. 왜적이 머물러 있는 곳을 물으니, "지금 사천 선창에 있다"고 한다. 곧 쫓아가니 왜놈들은 벌써 육지로 올라가서 산봉우리 위에 진을 치고 배는 그 산 아래에 줄지어 매어 놓았는데, 항전하는 태세가 매우 빠르고 견고했다. 여러 장수를 독려하여 일제히 달려들면서 화살을 비 퍼붓듯이 쏘고, 각종 총포를 바람과 우레같이 어지러이 쏘아 대니, 적들이 두려워하며 물러났다. 화살을 맞은 자가 몇백 명인지 헤아릴 수 없을 정도이고, 왜적의 머리도 많이 베었다. 군관 나대용이 탄환에 맞았고, 나도 왼쪽 어깨 위에 탄환을 맞아 등을 관통했으나 중상은 아니었다. 활꾼과 격군 중에서도 탄환을 맞은 사람이 많았다. 적선 13척을 불태우고 물러 나왔다.(1592년 5월 29일)

이순신은 1592년 5월 4일 여수에서 함대를 이끌고 제1차 출동을 하여 5월 7일 경상도 옥포 해전과 합포 해전을 승리로 이끌고, 다음 날인 5월 8일에도 적진포 해전에서 적함 전부를 불살라 버렸다. 이어진 제2차 출동은 5월 29일에 있었다. 사천 해전으로 알려진 전투에서 이순신은 함선 23척을 거느리고 출동하여 경상 우수사 원균과 협력하여 적선 13척을 불태웠다. 위의 내용은 이날의 일기이다. 전투에 임하기 전 왜적을 무찌를 대책을 세우고, 전투 장면을 묘사하였으며, 전투의 결과를 기록하였다. 실제 참전했던 전투 상황을 생생하게 그려내고 있다.

『난중일기』는 진중에서 겪는 개인적 고뇌도 표현하고 있다. 아래의 일기는 아들 면의 사망 소식을 들은 날의 기록이다.

밤 2시쯤 꿈에, 내가 말을 타고 언덕 위로 가는데 말이 발을 헛디뎌 냇물 가운데로 떨어졌다. 그런데 쓰러지지는 않고 막내아들 면이 끌어안는 듯한 형상이 보이더니 깨었다. 이것이 무슨 징조인지 모르겠다. 저녁에 어떤 사람이 천안에서 와서 집안 편지를 전했다. 봉한 것을 뜯기도 전에 뼈와 살이 먼저 떨리고 정신이 아찔하고 어지러웠다. 대충 겉봉을 뜯고 둘째 아들 열의 편지를 보니, 겉에 '통곡'이라는 두 글자가 씌어 있어 면이 전사했음을 알았다. 나도 모르게 간담이 떨어져 목 놓아 통곡, 통곡했다. 하늘이 어찌 이다지도 인자하지 못하신고. 내가 죽고 네가 사는 것이 떳떳한 이치이거늘, 네가 죽고 내가 살았으니 이런 어그러진 이치가 어디 있는가. 천지가 캄캄하고 해조차 빛이 변했구나. 슬프다. 내 아들아! 나를 버리고 어디로 갔느냐? 남달리 영특하여 하늘이 이 세상에 머물러 두지 않은 것이냐? 내가 지은 죄 때문에 화가 네 몸에 미친 것이냐? 내 이제 세상에 살아 있어 본들 앞으로 누구에게 의지할 것인가. 너를 따라 같이 죽어 지하에서 같이 지내고 같이 울고 싶건만 네 형, 네 누이, 네 어미가 의지할 곳 없으니, 아직은 참고 연명이야 한다마는 내 마음은 죽고 형상만 남은 채 울부짖을 따름이다. 하룻밤 지내기가 일 년 같구나.(1597년 10월 14일)

1597년 10월 14일의 일기는 아들을 잃은 아버지의 애통한 마음으로 가득하다. 무슨 징조인지 모를 아들의 꿈과 저녁에 도착한 부고 소식, 그리고 아들의 전사 소식을 들은 아버지가 통곡하는 모습 등을 담고 있다.

1592년 5월 29일의 일기와 1597년 10월 14일의 일기는 『난중일기』의 성격을 단적으로 보여 준다. 임진왜란이 일어나기 직전에 전쟁에 대비하는 모습과 함께 기록된 진중 생활 장면, 그리고 전투에 임하는 자세와 전투 장면은 진중일기의 면모가 구체적으로 드러난다. 이와 함께 어머니와 아들에 대한 그리움에 괴로워하는 모습이나 어머니의 사망 소식과 아들의 전사 소식에 통곡하는 모습, 주변 인물과의 갈등에 대한 기록은 신변일기의 면모를 잘 드러내고 있다.

이 가운데 우리가 주목할 부분은 전투를 승리로 이끈 영웅의 모습보다는 일상인으로의 모습이다. 역사의 장에서 찬란하게 존재하는 영웅이 평범한 어머니의 아들이었으며, 한 여자의 남편이었으며, 아이들의 아버지였던 사실이 일기를 통해 새삼스럽게 상기되고 있다.

어머니에 대한 그리움은 일기 곳곳에 절절히 배어 있다. 전쟁터여서 어머니를 볼 수 없기 때문에 아들이나 조카, 종 등을 통해 어머니의 소식을 전달받고 안심하기도 하고, 어머니의 생신날에 직접 찾아뵙지 못하는 처지를 생각하고는 한스러워한다. 또한 어머니의 병이 위중하다는 소식을 듣고 배를 타고 가 어머니를 직접 뵙는 장면은 어머니에 대한 애틋한 마음이 잘 드러나고 있다. 전쟁터에서는 강인한 장수이지만, 어머니 앞에서는 평범한 아들로 돌아가 있다. 어머니에 대한 애절한 사랑의 표현은 사망 소식을 들은 날인 1597년 4월 13일의 일기에 잘 드러난다. 이날의 일기는 슬픔을 이기지 못해 당장 기록하지 못하고 훗날에 기록했다고 밝히고 있다. 어머니의 부고를 듣고 감당하기 힘든 슬픔에 빠진 자신을 묘사하는데, "하늘의 해도 캄캄했다"라는 서술은 자신의 슬픔이 마치 하늘의 해가 없어진 것과 같다는 표현이다.

어머니 외에도 가족에 대한 그리움과 애정도 잘 기록되어 있다. 아들들이 집과 전쟁터를 오가며 어머니의 소식을 전해 줄 때 아들들이 집에 잘 돌아갔는지 걱정하는 것부터 병이 났는데 다 나았는지 걱정하는 것까지 세세히 기록하고 있어 자식을 사랑하는 아버지의 모습을 볼 수 있다. 아내가 병이 났을 때도 심하게 걱정하며 애정 어린 모습을 보여 준다.

한편 원균과의 갈등 내용도 기록되어 있다. 『난중일기』에는 원균에 대한 부정적 서술이 많다. 원균을 흉악한 자, 음험한 자, 음흉한 자라고 하다가 나중에는 원흉이라는 표현도 사용한다. 원균에 대한 미운 감정을 여과 없이 드러내고 있다. 잘 알려진 대로 원균과의 악연은 원균이 이순신을 모함하여 그를 옥에 갇히게 하고 삼도 수군통제사의 지위를 자신이 대신하는 데까지 거슬러 올라간다. 그 결과 이순신은 백의종군을 하게 되고, 원균이 대패한 후에 이순신이 다시 삼도 수군통제사의 지위를 찾게 되면서 이들의 악연은 끝난다. 일기에 서술된 원균의 부정적 이미지는 이순신의 시각이다. 이순신은 『난중일기』를 통해 자신의 감정을 진솔하게 표현하였다.

병약한 자신의 모습을 일기 곳곳에 기록하기도 했다. 특히 일기의 후반부에서는 눈물이 많은 이순신의 모습을 쉽게 볼 수 있다. 아들의 편지를 보고 울고, 부모님 생각에 밤을 새워 울기도 하였다. 그런가 하면 병으로 인해 고통 받는 처지를 그대로 기록했다. 체한 것 같은 증상으로 밤새도록 신음하기도 하고, 복통으로 고생도 하며, 독감이나 몸살 증상으로 여러 날을 앓기도 하고, 땀을 심하게 흘리기도 하며, 곽란이 일어나기도 하며, 심지어 병이 날까 미리 걱정하기도 하였다는 것이다. 우리가 알고 있는 이순신의 이미지와는 다른 면이다. 자신이 병으로 인해 고통 받는 모습을 거침없이 일기에 기록함으로써 진솔한 면모를 드러냈다. 일기를 통해서 우리는 영웅 이순신의 모습보다는 인간으로서의 매력적인 모습을 접할 수 있다.

『난중일기』에서 흥미롭게 읽을 수 있는 또 다른 하나는 원균의 모함에 의해 투옥되었다가 풀려난 이후에 백의종군을 걷게 되는 부분이다. 1597년 4월 1일 특사령이 내려 출옥되고, 곧바로 부임지를 향해 남하의 길에 올랐다. 일기에는 이때의 노정이 상세하게 그려져 있다. 서울에서 출발하여 경상남도 하동에 이르기까지의 경로이다. 총 날짜로 치면 100일이 넘는 기간이다. 이 길을 걷는 과정에서 어머니의 사망 소식을 접해 괴로워하기도 하였다.

수많은 등장인물이 등장하는 것도 『난중일기』의 흥미로운 요소로 꼽을 수 있다. 총 560여 명의 인물이 등장하는데 그 계층도 아주 다양하다. 널리 알려진 곽재우, 유성룡, 권율 등 우리나라 장수는 물론, 심유경, 이여송, 담종인, 진린 등 명나라 사람, 가토기요마사加藤淸正, 고니시유키나가小西行長 등 일본 장수도 등장한다. 그런가 하면 한경, 해돌 등 집에서 부리던 종과 이순신이 백의종군 길에 올라 남쪽으로 갈 때 잠잘 곳을 마련해 준 이내은손, 의병으로 활약한 승려 삼혜와 의능, 투항해 온 왜적 야여문也汝文, 여이汝耳 등으로 다양하다.

일기는 개인의 내밀한 일과 생각을 적은 기록물이다. 그런데 조선 시대에 나온 일기는 '개인적' 성격보다는 '기록물' 로서의 의미가 더 크다. 예를 들면 조응록의 『죽계일기』는 관직의 이동 등을 기록하는데 관심이 있었고, 유희춘의 『미암일기』는 관직에서 물러난 이의 일기로 관가보다는 자기 집안의 일을 기록

경기도　과천 ▶ 인덕원 ▶ 수원 ▶ 독성 ▶ 진위 ▶ 수탄 ▶ 평택

충청남도 보산원(연기군) ▶ 일신역 ▶ 정천동 ▶ 이성(공주시) ▶ 은원(논산시)

전라북도 여산 ▶ 참례(익산시) ▶ 전주 ▶ 오원역 ▶ 임실 ▶ 남원 ▶ 운봉 ▶ 구례

전라남도 송치 ▶ 송원(승주군) ▶ 찬수강 ▶ 구례 ▶ 석주관(구례군) ▶ 악양 ▶ 두치(광양시)

경상남도 하동 ▶ 청수 ▶ 단성 ▶ 단계 ▶ 삼가 ▶ 합천 ▶ 초계 ▶ 모여곡 ▶ 삼가 ▶
　　　　　단성 ▶ 정개산성(진주시) ▶ 강정 ▶ 굴동 ▶ 곤양 ▶ 노량 ▶ 거제 ▶ 남해 ▶
　　　　　곤명 ▶ 십오리원 ▶ 운곡 ▶ 정성

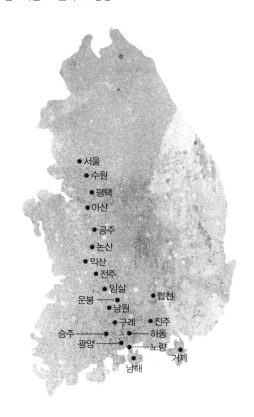

하는데 관심이 있었다. 김창업의 『노가재연행일기』, 박지원의 『열하일기』처럼
유람한 뒤에 적은 일기 역시 개인의 내밀한 감정보다는 유람한 곳을 기록하는
데 중점을 두었다고 할 수 있다.

그런데 『난중일기』는 기록도 중시했지만, 그보다는 인간적인 감정을 드러내는 데에 더 관심을 보였다. 기록을 중시하는 일기의 전통에서 벗어나 개인을 발견하였다. 개인이 지닐 수 있는 압박감, 좌절, 기쁨 등 다양한 심리적 반응을 솔직하게 써 내려간 것이 『난중일기』이다.

●『난중일기』, 시대를 뛰어넘는 독서물로

이순신 장군은 1545년에 태어나 1598년에 전사하였는데, 『난중일기』는 임진왜란이 일어난 1592년부터 1598년 전사하기 직전까지의 군중 생활의 일들을 적어 놓은 것이다.

본래 이 일기에는 어떤 이름이 붙어 있지 않았으나, 1795년(정조 19년)에 『이충무공전서』를 편찬하면서 편찬자가 편의상 '亂中日記(난중일기)'라는 이름을 붙여 『이충무공전서』 권5부터 권8에 걸쳐서 이 일기를 수록한 뒤 이 이름으로 부르게 되었다.

원래는 연도별로 「임진일기壬辰日記」, 「계사일기癸巳日記」, 「갑오일기甲午日記」, 「을미일기乙未日記」, 「병신일기丙申日記」, 「정유일기丁酉日記」, 「무술일기戊戌日記」라는 이름으로 각각 나뉘어 있었다. 이들 일기는 이순신이 초서체로 쓴 글로 초고본이라 한다. 이 초고본을 해독하여 『이충무공전서』에 수록한 것이다.

초고본은 전체가 초서로 씌어 있어 쉽게 알아보기 힘들다. 초서는 이순신이 평소에 주로 사용한 글씨체로, 일기에는 긴박한 상황에서 심하게 흘려 적은 글씨와 삭제와 수정을 반복한 흔적이 자주 보인다. 『이충무공전서』에 수록하면서 이 부분에 해당하는 글자들이 대부분 잘못 씌어 있거나 모르는 글자로 남게 되었다.

이순신의 친필 초고본 『난중일기』는 현재 충남 아산 현충사에 보관되어 있는데, 1959년에 국보 제76호로 지정되었다.

『난중일기』는 조선 시대부터 지금까지 여러 차례 책으로 만들어졌다. 우선, 이순신의 친필 초고본을 옮겨 적은 전사본 『충무공유사』의 「일기초」가 있다. 이 책은 1693년 이후에 베껴 쓴 것으로 추정하는데, 누구에 의해서 만들어진 것인지 알 수가 없다. 현재 현충사 유물전시관에 소장되어 있다.

1795년에 간행한 『이충무공전서』 수록본이 있다. 『이충무공전서』는 정조가 명하여 간행된 책으로, 『난중일기』를 비롯하여 이순신과 관련된 기록을 모두 모아 엮은 책이다. 이 책에 수록된 『난중일기』는 초고본 내용을 취한 것이다. 『이충무공전서』는 1795년에 간행한 초간본을 비롯하여 후대에 총 여섯 차례 간행되었다.

1935년에 조선총독부 산하 조선사편수회에서 간행한 『난중일기초·임진장초』가 있다. 이 책은 기존에 따로 되어 있던 『난중일기』와 『임진장초』를 한 책으로 묶어 『조선사료총간』 제6집으로 간행한 것이다. 「난중일기초」는 초고본의 형태와 체재를 그대로 살려 편집되었다.

1960년에 이은상이 초고본에 대한 원문 교열을 마치고 문교부에서 '문화재자료 『이충무공난중일기』'라는 제목으로 간행하였다. 그리고 1968년에는 초고본에 없는 내용을 『이충무공전서』 수록본 「난중일기」의 내용으로 보충하여 하나로 합본한 『난중일기』를 현암사에서 간행하였다. 이 책에는 원문과 번역문을 함께 수록하였다. 이후에 이민수, 이석호, 허경진 등에 의해서 번역된 책이 출간되었다.

2005년에는 노승석이 초고본 해독 과정에서 오류 100여 곳을 발견하여 『이충무공전서』, 『난중일기초』와 비교하고, 기존 해독의 문제된 곳을 교감하여 완역본을 간행하였다. 이어서 『충무공유사』를 해독하여 『난중일기』 초록 내용이 들어 있는 일기초에서 새로운 일기 32일치를 찾아내었고, 이 내용으로 초고본 및 『이충무공전서』 수록본과 『난중일기초』의 문제점을 바로잡아서 2010년에 교감 완역한 『난중일기』를 간행하였다.

이 밖에 해외에서 간행되기도 하였다. 1916년에 일본인 청류남명青柳南冥이

『이충무공전서』 수록본을 활자화하고 일어로 번역하여 『원문화역대조 이순신 전집』에 실어 간행하였다. 그리고 북도만차北島萬次가 원문에 일본어 번역문을 함께 실어 2001년에 간행한 『난중일기』(I·II·III)가 있다.

『난중일기』는 세상에 알려지면서부터 문학 작품으로서의 가치보다는 임진 왜란사 특히 해전사의 중요 사료로서 더 큰 가치를 인정받았다. 이와 함께 장 군으로서의 이순신의 면모를 거론하면서 영웅 이순신상을 드러내는 데 초점을 두었다. 그러나 일기에는 작자 이순신의 승리와 환희, 수모와 모멸, 효성과 충 절, 원균에 대한 인간적인 경멸감과 비애감 등 작자의 인간적 면모가 잘 드러 나 있다. 인간으로 고뇌하는 모습 등을 통해서 『난중일기』는 단순히 어떤 사실 을 기록하는 기록물 이상의 문학적 감동을 느끼기에 충분한 가치가 있다.

● 주제별로 읽는 『가려 뽑은 난중일기』

『난중일기』에는 엄격한 진중 생활과 국정에 관한 감회, 전투 상황의 묘사, 전투 후의 비망록과 수군 통제에 관한 비책, 둔전 개간 및 각종 무기의ᐧ개발과 전함 의 건조, 가족·친지·부하·장졸·내외 요인들의 내왕, 의병과의 협조, 명군에 대한 비판, 부하들에 대한 상벌, 충성과 강개의 기사, 전황의 보고, 장계 및 서 간문의 초록 등 진중에서의 기사를 비롯하여 어머니와 가족에 대한 사랑, 원균 과의 갈등 등 이순신의 주변을 둘러싼 모든 일이 기록되어 있다.

날짜별로 쓰인 일기이면서 다양한 내용을 담고 있지만 그 내용을 파악하기 는 쉽지가 않다. 따라서 『가려 뽑은 난중일기』는 『난중일기』의 전모를 잘 갖추 고 있는 노승석의 교감본을 대본으로 하여 발췌 번역하고, 내용은 주제별로 재 배치하였다. 임진왜란 당시의 전투 상황, 가족에 대한 사랑, 공무에 철저한 장 수, 고뇌하는 인간, 인내와 희생으로 국가에 충성한 모습 등 총 5개의 주제로 나누었다. 주제별 배열을 통해서 『난중일기』의 전체 내용이 일목요연하게 잘 드러나도록 하였다.

일기는 개인의 진솔한 마음을 담고 있기에 그 사람의 면면을 자세히 들여다 볼 수 있는 장점이 있다. 이 책에서 시도한 주제별 분류와 배열도 이를 고려한 것이다. 이 책을 통해 임진왜란이라는 혼란의 시기를 헤쳐나간 이순신을 입체적으로 바라보면서 그에 대한 평가가 어느 한 면으로 치우치지 않기를 바란다. 또한 이순신을 새롭게 볼 수 있는 기회를 얻을 수 있기를 기대한다.

참고한 글

장경남, 『임진왜란의 문학적 형상화』, 아세아문화사, 2000.

박을수, 「이순신의 난중일기 연구」, 『순천향어문논집』 7집, 순천향어문학연구회, 2001.

장시광, 「난중일기에 나타난 이순신의 일상인으로서의 면모」, 『온지논총』 20집, 온지학회, 2008.

노승석, 「난중일기 초고본과 이본 교감 연구」, 『한문학보』 20집, 우리한문학회, 2009.

사진으로 보는 이순신

▲ 이순신 영정 현충사 소장

▲ 이순신 신도비 탁본 국립중앙박물관 소장

▲ 「난중일기」 임진왜란이 일어난 해(1592년)부터 끝난 해(1598년)까지의
일을 기록한 이순신의 일기, 현충사 소장

▲ 아산 이충무공 유허 이순신이 무과에 급제하기 전까지 살았던 곳으로, 지금의 현충사이다.
숙종 32년(1706년)에 사당을 세우고, 1707년 숙종이 직접 '현충사'라 이름 지었다. 그 뒤 200년
간 사당을 잘 운영하다가 일제의 탄압으로 쇠퇴하였다. 광복 후 국가에서 현충사 성역 사업을 마
치면서 지금의 모습을 갖추었다. 주요 시설로는 이순신의 초상화를 모셔 놓은 본전을 비롯하여 이
순신이 자란 옛집, 무예를 연습하던 활터, 정문인 홍살문, 셋째 아들 이면의 무덤이 있다.

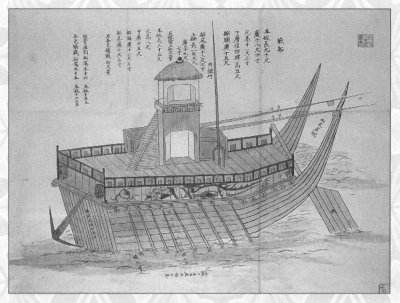

▲ 판옥선도(板屋船圖) 조선 수군의 주력 선박으로 임진왜란 때에도 거북선과 함께 활약했다.

서울대 규장각 소장

▲ 거북선 조선 수군의 주력 전함인
판옥선을 개조한 돌격용 전투함

▶ 한산대첩 기념비

▲ 이순신 군진도(軍陣圖)에 보이는 거북선과 판옥선의 모습 국립중앙박물관 소장

▲ 이순신 유지 이순신에게 당시 부족한 군량을 보충하기 위하여 둔전개간(屯田開墾) 등의 방안을 지시하는 내용. 유성룡이 올린 '조치방수사의계(措置防守事宜啓)' 중의 일부이다. 임진왜란 시기에 수군이 군량을 어떻게 조달하였는지를 살펴볼 수 있는 좋은 자료이다.

▲ 여수 충민사 나라를 위한 세 장군 이순신, 이억기, 안홍국의 충절을 기리기 위해 세운 사당

▶ 해남 명량대첩비 명량대첩을 승리로 이끈 이순신의 공을 기념하기 위하여 세운 비

▼ 남해 관음포 이충무공 유적 노량 해전으로 더 유명한 임진왜란의 마지막 격전지. 이순신은 관음포 앞바다에서 최후의 결전을 벌이다 탄환에 맞아 숨을 거두었다. 마주 보는 해안에는 이락사가 있다.

이순신 가계도

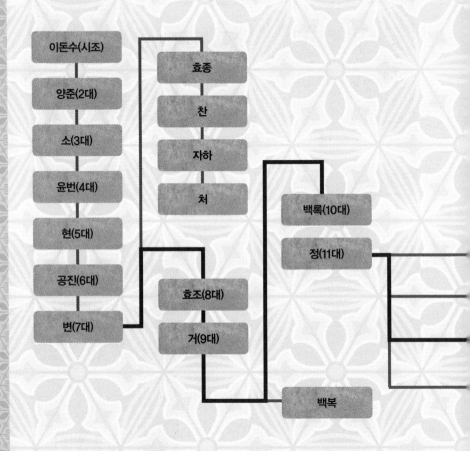

이돈수(시조)

양준(2대)

소(3대)

윤번(4대)

현(5대)

공진(6대)

변(7대)

효종

찬

자하

처

효조(8대)

거(9대)

백록(10대)

정(11대)

백복

이뢰李蕾 이순신의 맏형 이희신의 맏아들로, 이순신의 고향 소식을 전하는 심부름을 했다.

이분李芬 이순신의 맏형 이희신의 둘째 아들로, 정유재란 때 이순신의 곁에서 군중 문서를 맡아보며 명나라 장수를 접대하는 외교 방면의 일을 보았다. 이순신 사후에 이순신의 행록을 썼다.

이완李莞 이순신의 맏형 이희신의 넷째 아들로 임진왜란 때 이순신 휘하에서 종군하였고, 1598년 노량 해전에서 이순신이 전사한 사실을 알리지 않고 독전하여 대승을 거두었다. 1627년 정묘호란이 일어나 적이 의주를 포위하였을 때 적과 싸우다가 중과부적으로 패하자 병기고에 불지르고 사촌 동생 이신(李藎)과 함께 분사(焚死)하였다.

이봉李菶 이순신의 둘째 형 이요신의 맏아들로, 고향 아산의 소식과 할머니인 이순신의 어머니 안부를 이순신에게 전했다.

이해李荄 이순신의 둘째 형 이요신의 둘째 아들로 이순신에게 고향 소식을 전하고 심부름을 많이 했다.

이회李薈 이순신의 맏아들로 이순신에게 고향 소식을 전하는 등 아버지의 심부름을 많이 했다.

이울李蔚 이순신의 둘째 아들로 뒷날에 이름을 열로 고쳤다.

이면李葂 이순신의 셋째 아들로 어려서부터 담이 크고 용감했다. 정유재란 때 고향 아산에서 왜적을 맞아 싸우다 전사하였다. 이면의 죽음으로 이순신이 크게 슬퍼했다.

이우신李禹臣 이순신의 동생으로 호가 여필이다. 『난중일기』에는 여필로 등장하는데 이순신과 연락하며 군사를 돌보았다.

등장인물 소개

곽재우郭再祐　임진왜란이 일어나자 의령에서 의병을 일으켜 의병장으로 활약하였다. 이때 붉은 옷을 입고 싸워서 사람들이 '하늘이 내린 홍의 장군'이라고 불렀다. 정유재란 때에는 왜적의 공격으로 많은 성이 무너졌는데, 홀로 굳건히 성을 지켰다. 이순신과 협조하여 왜적을 물리치는 공을 세우기도 하였다.

권율權慄　임진왜란 초에 전라도 순찰사 이광, 방어사 곽영과 함께 용인에서 왜적과 싸워 패하였으나, 경기도 광주에서 의병을 모집하여 금산군에서 왜군을 물리쳤다. 1593년에는 행주산성에 주둔하면서 왜적 3만 명의 대군을 물리쳐 큰 승리를 거두었고, 1596년에는 도망병을 즉결한 죄로 해직되었으나 바로 한성부 판윤에 기용되었다. 1597년 정유재란이 일어나자 왜적의 북상을 막기 위해 명나라 제독 마귀麻貴와 함께 울산에 대진하였으나 도어사 양호楊鎬의 돌연한 퇴각령으로 철수하였다. 이어 순천 예교에 주둔한 왜병을 공격하려 하였으나, 전쟁의 확대를 꺼리던 명나라 장수들의 비협조로 실패하였다. 1599년 노환으로 관직을 사임하고 고향으로 돌아가 7월에 죽었다.

기효근奇孝謹　임진왜란이 일어나기 전인 1590년에 해남 현령으로 부임하여 전선과 병기를 수리하였고, 임진왜란이 일어나자 경상 우수사 원균元均의 휘하에서 선봉이 되어 여러 차례 해전에 참가하였다.

김경로金敬老　임진왜란이 일어나자 김수金睟의 막하에서 군사의 규합, 군량 조달 등에 노력하였다. 이듬해 유영경柳永慶의 명에 따라 해주의 방어를 맡았으며, 1594년 도원수 권율權慄의 막하에서 전라도 방어를 맡으며, 이순신과 왕래하였다. 정유재란 때에는 전주에 있다가 남원이 급하다는 말을 들고 이복남李福男과 함께 결사대를 조직, 남원으로 들어가 명나라의 부총병副總兵 양원楊元을 도와 왜적과 싸우다 성이 함락되자 전사하였다.

김덕령金德齡   임진왜란이 일어나자 형과 함께 의병을 일으켰다. 왜적의 전라도 침입을 막기 위하여 진해·고성 사이에 주둔하며 적과 대치하였다. 1594년 10월에는 이순신과 합동 작전을 펼쳤으나 왜군이 성 밖으로 나오지 않아 큰 성과는 없었다. 1596년에 이몽학李夢鶴이 반란을 일으켰는데, 이몽학과 내통하였다는 무고로 곽재우·고언백高彦伯·홍계남洪季男 등과 함께 체포되었다. 20일 동안에 여섯 차례의 혹독한 고문으로 옥사하였다.

김성일金誠一   의병장 곽재우郭再祐를 도와 의병 활동을 고무하는 한편, 함양·산음山陰·단성·삼가三嘉·거창·합천 등지를 돌며 의병을 규합하는 동시에 각 고을에 소모관召募官을 보내 의병을 모았다. 또한 관군과 의병 사이를 조화시켜 전투력을 강화하는 데 노력하였다. 1592년 8월에는 의병 규합·군량미 확보에 전념하였다. 1593년에는 경상우도 순찰사를 겸하여 도내 각 고을의 항왜전抗倭戰을 독려하다가 병으로 죽었다.

김수金睟   임진왜란 때 의령에서 의병을 일으켰던 곽재우郭再祐와 불화가 심하여 김성일의 중재로 무마되기는 하였지만, 지방 사람들로부터 처사가 조급하고 각박할 뿐만 아니라 왜란의 초기에 계책을 세워 왜적과 대처하지 못하고 적병을 피하여 전라도로 도망갔다는 비난을 면치 못하였다. 1596년 호조 판서로서 전라도와 충청도에서 명군明軍의 군량을 충당하기 위하여 군량 징수에 힘썼다.

김완金浣   임진왜란 때 사도 첨사로서 옥포·당포 싸움에서 우척후장, 한산·부산 싸움에서는 척후장으로 활약하였다. 정유재란 때에는 원균의 조방장으로 활약하던 중, 패전하여 일본에 사로잡혀 갔다가 도망해 돌아왔다.

김응서金應瑞   나중에 김경서로 이름을 고쳤다. 일찍이 무과에 급제하였으나 파직되었다가, 1592년 임진왜란이 일어나자 다시 기용되었다. 평양 공략에 나섰으며, 싸움에서 여러 차례 공을 세웠다. 그 뒤 명나라 이여송李

如松의 원군과 함께 평양성을 탈환하는 데 공을 세웠고, 도원수 권율의 지시로 남원 등지에서 적을 소탕하였다. 임진왜란 이후 세력이 강성해진 건주위建州衛의 후금 정벌을 위해 명나라의 원병 요청이 있자, 평안도 병마절도사로 부원수가 되어 원수 강홍립姜弘立과 함께 출전하였다가 후금에 투항하였다. 포로가 된 뒤 비밀리에 적정을 탐지한 기록을 고국에 보내려 했으나 강홍립의 고발로 탄로 나서 처형되었다.

나대용羅大用　1591년 이순신의 막하에 군관으로 들어가 거북선 건조에 참여하고, 임진왜란이 일어나자 이순신의 막하로 참전하여 여러 해전에서 공을 세웠다. 특히 1592년 옥포 해전에서 유군장遊軍將을 맡아 적선 2척을 격파하고, 사천 해전에서는 분전 끝에 총탄을 맞아 부상을 입고 한산도 해전에서도 재차 부상을 당하였다. 정유재란 때의 명량 해전과 1598년의 노량 해전에 참가하여 전공을 세웠다.

방응원方應元　온양 사람으로 이순신에게 왕래하였다. 1597년 삼도 수군이 칠천량 해전에서 패했을 때 송대립·윤선각·현응진·이원룡·이희남·임영립·홍우공·유황 등 9장수와 함께 이순신을 따라 연안 답사에 참여하였다.

배설裵楔　임진왜란이 일어나자 경상우도 방어사 조경趙儆의 군관으로 활약하였다. 정유재란 때 삼도 수군통제사 원균과 함께 싸우다가 형세가 기울어짐을 보고 물러나 한산도의 모든 시설을 불 지르고 도망갔다. 이순신이 다시 수군통제사가 된 뒤 한때 그의 지휘를 받았으나, 1597년 신병을 치료하겠다고 허가를 받은 뒤 도망하였다. 이에 조정에서 전국에 체포 명령을 내렸으나 종적을 찾지 못하다가, 1599년 경북 선산에서 권율에게 붙잡혀 서울에서 참형되었다.

배흥립裵興立　흥양 현감으로 있을 때 좌수사 이순신의 명에 따라 전함을 많이 건조하여 전란에 대비하였다. 임진왜란이 일어나자 이순신의 지휘 아래 여러 해전에 참전하였다. 재임 중 정유재란이 일어나자 칠천량·노량 해전에 조방장으로 참전하여 공을 세웠다. 특히 1597년 7월 칠천량 해전에서 삼도 수군통제사 원균마저 도망하자 전선을 도맡아 적의 진격을 지연시켰다.

변홍달卞弘達　17세 때 북병사로 부임하는 아버지를 따라가 오랑캐의 침입을 무찔렀다. 임진왜란이 일어나자 체찰사 이원익의 휘하에서 공을 세웠다. 1597년에는 통제사 이순신의 휘하에 들어가 공을 세웠다.

서성徐渻　임진왜란이 일어나자 선조를 호종하다가 황정욱 黃廷彧의 요청으로 그의 종사관 從事官이 되어, 함경도로 길을 바꾸었다가 국경인 鞠景仁에 의하여 임해군 臨海君 · 순화군 順和君 · 황정욱 등과 함께 잡혔다가 탈출하였다. 1594년에는 순무어사로서 장계와 공문 등을 이순신에게 보냈다. 함경 · 평안감사를 거쳐 호조 · 형조 · 공조의 판서가 되었다.

선거이宣居怡　1587년 이순신과 함께 녹둔도 鹿屯島에서 변방을 침범하는 여진족을 막아 공을 세웠다. 임진왜란이 일어나자 출전하여 활약하였고, 그해 7월에는 한산도 해전에 참가하여 이순신을 도와 왜적을 크게 무찔렀다. 1592년 12월 독산 산성 禿山山城 전투에서는 권율 權慄과 함께 승첩을 올렸는데 이때에 크게 부상당하였다. 이어 1593년 2월에는 행주산성 전투에 참가하여 권율이 적을 대파하는 데 공을 세웠다. 같은 해 9월에는 함안에 주둔하고 있던 적군이 약탈을 일삼고 있었으므로 이를 공격하다가 부상을 당하였다. 한산도에 내려와서는 이순신을 도와 둔전 屯田을 일으켜 거만 巨萬의 군곡 軍穀을 비축하여 공을 세운 바도 있고, 1594년 9월에는 이순신과 함께 장문포 長門浦 해전에서 공을 세웠다. 1597년 정유재란 때에는 남해 · 상주 등지에서 활약하였으며, 1598년에는 울산전투에 참가하여 명장 양호 楊鎬를 도와 싸우다가 전사하였다. 이순신과 절친한 사이로 전투에서도 서로 도와 이름이 높았다.

송대립宋大立　송희립 · 송정립 두 동생과 함께 의병으로 활약하였다. 1597년 3월에는 보성으로 쳐들어온 왜적을 무찔렀다. 왜적이 흥양의 제망포를 침범한다는 소식을 듣고 진을 옮겨 싸우다가 적탄에 맞아 전사하였다.

송여종宋汝悰　임진왜란이 일어나자 낙안 군수 신호 申浩의 막료로서 종군하였고, 이순신을 따라 한산도 싸움에서 무공을 세웠다. 1594년 무과에 급제하고, 1597년 원균의 휘하에 있다가 한산도에서 패전하였지만, 이순신이 삼도 수군통제사로 다시 기용되자 그의 휘하에서 여러 번 전공을 세웠다.

송희립宋希立　임진왜란 때 녹도 만호鹿島萬戶 정운鄭運의 군관으로서 영남 지역에 원병을 파견해야 한다고 주장하였고, 지도 만호智島萬戶가 되어 형 송대립과 함께 이순신의 휘하에서 활약하였다. 임진왜란 기간 동안 이순신과 함께했다. 이순신이 적탄에 맞아 최후를 맞이할 때 북채를 받아 친 인물로 알려졌다.

신호申浩　임진왜란이 일어나자 이순신을 도와 견내량見乃梁·안골포安骨浦 등의 해전에서 큰 공을 세워 통정대부로 승진되었다. 정유재란 때에는 교룡 산성 수어사蛟龍山城守禦使로 있다가 남원성이 왜군에게 포위되자 이를 구원하러 갔다가 전사하였다.

안위安衛　1594년 제2차 당항포 해전 때 이순신의 휘하에서 전부장前部將으로 공을 세웠다. 정유재란이 일어나자 통제사 이순신의 지휘 아래 김억기金億祺와 함께 벽파정碧波亭 앞바다에서 왜선 20여 척을 격파하여 선조로부터 상을 받았다.

어영담魚泳潭　1592년 5월 광양 현감으로서 이순신의 휘하로 들어가 첫 출전할 때 뱃길을 안내하였다. 전라 우수사 이억기李億祺와 함께 원균과 합세하여 옥포 앞바다에서 왜선 30여 척을 불사르고 적진포에서 왜선을 격파하는 데 큰 공을 세웠다.

우치적禹致績　많은 해전에서 원균의 선봉장으로서 언제나 적선에 올라 많은 적을 죽이고, 적에게 잡혀 있던 우리 백성을 구해 냈다. 1596년에 순천 부사가 되었으며, 1598년에 노량 해전露梁海戰에서 왜군을 무찌르는 데 공이 컸다.

원균元均　임진왜란이 일어나자 이순신에게 구원병을 요청하는 한편, 흩어진 군사를 수습하여 고군분투하였다. 몇 차례에 걸친 구원병 요청 끝에 이순신의 원병이 도착하자 합세하여 옥포玉浦·당포唐浦 등지에서 연전연승하였다. 그러나 포상 과정에서 이순신과의 공로 다툼이 심하여 불화가 생겼다. 병사로 재직 중에 여러 차례 수군 작전에 관한 계획을 조정에 건의하였으며, 조정에서도 여러 번 수사로 재기용할 것을 검토하던 중 이순신이 조정의 명령을 따르지 않았다는 죄목으로 잡혀가자 경성 우수사 겸 경상도 통제사가 되었다. 정유재란 때 조정의 무리한 명령에 따라 삼도 수군을 이끌고 부산의 적을 공격하던 중 칠천량 해전漆川梁海戰에서 대패하여 최후를 마쳤다.

유성룡柳成龍　왜란이 있을 것에 대비하여 형조 정랑 권율과 정읍 현감 이순신을 각각 의주 목사와 전라도 좌수사에 천거하였다. 임진왜란이 일어나자 병조 판서를 겸하고, 도체찰사로 군대를 총괄하였다. 그 뒤 영의정에 올라 4도의 도체찰사를 겸하여 군사를 총지휘하였다. 1598년 명나라 경략經略 정응태丁應泰가 조선이 일본과 연합하여 명나라를 공격하려 한다고 본국에 무고한 사건이 일어나자, 이 사건의 진상을 변명하러 가지 않는다는 북인들의 탄핵으로 관작을 삭탈당하였다가 1600년에 복관되었으나 다시 벼슬을 하지 않고 은거하였다.

윤선각尹先覺　변존서와 함께 이순신에게 왕래하였으며, 1597년 삼도 수군이 칠천량 해전에서 패했을 때 9장수와 함께 이순신을 따라 연안 답사에 참여하였다.

이경복李景福　임진왜란 당시 이순신의 휘하에서 활약하였다. 돌산도에서 적대목을 싣고 오는 일을 하고, 이순신의 장계를 조정에 전달하였다.

이기남李奇男　임진왜란 때에 이순신을 따라 견내량 해전에서 왜전선 한 척을 깨뜨리고 적의 머리 일곱을 베었으며, 우리 포로들을 찾아온 공로로 훈련 첨정에 제수되었다. 도양장에 감독관으로 가서 일을 보았다.

이몽구李夢龜　임진왜란 때 의병을 일으켜 전라 좌수사 이순신에게 가니 이순신이 크게 기뻐하여 즉석에서 천거하여 좌수영 본영의 우후가 되었다. 사천포 해전에 참전하여 활약하였으며, 율포 해전에서는 적선 1척을 잡았다. 정유재란 때 적탄에 맞아 전사하였다.

이복남李福男　나주 판관으로 있을 때에 임진왜란이 일어나 전라 방어사·충청 조방장·남원 부사·전라 병마사·나주 목사 등을 지냈다. 정유재란 때 남원성에서 왜적과 싸우다가 김경로, 신호 등과 전사하였다.

이봉수李鳳壽 이순신의 휘하에서 중요한 나루터에 철쇄를 비치하고, 높은 봉우리에 망대를 설치하였으며, 염초를 만들어 군용으로 공급하였다. 임진왜란이 일어나자 옥포·당포·석포·사령포 등지의 싸움에서 공을 세웠다.

이설李渫 임진왜란이 일어나자 의병을 일으켰다. 이순신의 휘하에서 나대용과 함께 거북선을 만들었다. 좌별장으로서 부산 싸움에 공을 세웠고, 1598년 노량 해전에서 이순신과 함께 전사하였다.

이억기李億祺 1591년 임진왜란 때 전라 우수사가 되어, 전라 좌수사 이순신, 경상 우수사 원균 등과 합세하여 당항포唐項浦·한산도閑山島·안골포安骨浦·부산포釜山浦 등지에서 왜적을 크게 격파하였다. 1596년에는 전선戰船을 이끌고 전라 좌·우도 사이를 내왕하면서 진도와 제주도의 전투 준비를 성원하는 한편, 한산도의 삼도 수군통제사 이순신의 본영을 응원하는 등 기동타격군의 구실을 수행하였다. 이순신이 조정의 명령을 따르지 않았다는 죄목으로 잡혀가 조사를 받게 되자, 그의 무죄를 극구 변론하였다. 1597년 정유재란 때 통제사 원균 휘하에서 조정의 무리한 진격 명령을 받고, 부산의 왜적을 공격하였다가 칠천량 해전漆川梁海戰에서 패하여 전사하였다.

이영남李英男 임진왜란 때 경상 우수사 원균 휘하의 율포 권관栗浦權管으로 재직하면서 전라 좌수사 이순신과의 연합 함대 구성을 요청하는 청병 사절로 활동하여 일을 성사시켰다. 1596년 율포 만호栗浦萬戶, 가리포 첨사를 역임하면서 해전에서 수많은 전공을 세웠다. 1598년 11월 18일 노량 해전에서 삼도 수군통제사 이순신 장군을 보좌하여 적을 섬멸하다가 탄환에 맞아 전사하였다.

이원룡李元龍 임진년에 쇠사슬을 꿰는 일 때문에 군사를 거느리고 돌산도에 갔다 왔다. 이순신의 어머니 안부 전하는 일을 하기도 했다. 1597년 삼도 수군이 칠천량 해전에서 패했을 때에 이순신을 따라 연안 답사에 참여하였다.

이원익李元翼   임진왜란 때 선조의 피란길을 도왔다. 1593년 1월에 명나라 장수 이여송李如松과 합세하여 평양을 탈환하였으며, 선조가 환도한 뒤에도 평양에 남아서 군병을 관리하였다. 이순신이 옥에 갇힐 때는 장계를 올려 그의 무죄를 주장하기도 했다. 임진왜란이 끝난 뒤 좌의정이 되어 군사를 수습하기에 애썼으며, 유성룡을 변호하다가 사직하고 은퇴하였다.

이일李鎰   1587년 함경도 북병사가 되어 이탕개尼湯介의 난을 평정하고, 녹둔도鹿屯島에 여진족이 침입하자 물리쳤다. 이순신과는 이때부터 갈등을 겪었다. 임진왜란이 일어나자 경상도 순변사가 되어 북상하는 왜적을 상주에서 맞아 싸우다가 크게 패배하고 충주로 후퇴하였다. 충주에서 도순변사 신립의 진영에 들어가 재차 왜적과 싸웠으나 패하고, 사잇길로 도망하여 황해·평안도로 피하였다.

이의득李義得   경상 우수영의 우후로 이순신과 교류하면서 주로 원균에 관련된 일을 이순신에게 많이 알려 주었다.

정걸丁傑   판옥선과 대총통 등 여러 가지 무기를 만든 사람으로 이름이 높았다. 임진왜란 때에는 충청 수사였는데 권율이 행주성 싸움에서 곤경에 빠지자 배로 화살을 싣고 가 도와줌으로써 승리할 수 있었다. 이순신과는 왜적을 토벌할 일로 많은 의견을 교환하였고, 전투에 나가 공을 세웠다.

정사립鄭思立   이순신의 군관으로 이순신과는 친분이 두터웠으며, 임진왜란 때는 그의 막하에서 왜적과 전투를 벌여 큰 무공을 세웠다. 이에 이순신이 장계를 올려 그의 충절을 크게 상찬하였다.

정사준鄭思竣   임진왜란 때 이순신의 군관으로서 조총을 제작하였다.

정운鄭運   임진왜란이 일어나자 이순신 휘하에서 군관 송희립宋希立과 함께 결사적으로 출전할 것을 주장하였다. 옥포玉浦·당포唐浦·한산 등의 여러 해전에서 큰 공을 세우고, 마침내 9월의 부산포 해전에서 우부장右部將으로 선봉에서 싸우다가 전사하였다.

정탁鄭琢   임진왜란이 일어나자 좌찬성으로 왕을 의주까지 호종하였다.

1594년에는 곽재우郭再祐·김덕령金德齡 등의 명장을 천거하여 전란 중에 공을 세우게 하였다. 1597년 3월에는 옥중의 이순신을 적극 변호하여 죽음을 면하게 하였다.

최대성崔大晟　임진왜란이 일어나자, 훈련원정의 신분으로 이순신을 따라 한후장漢後將이 되어 거제·옥포·한산·합포·마산포·가덕도·당항포·웅포의 해전 등 남해 여러 전투에서 뛰어난 전공을 세웠다. 정유재란 때 조선의 관군마저도 무너진 상태에서 의병을 결성하기 위해 아들 최언립崔彦立·최후립崔厚立 및 집안 노비들까지 동원하여 의병 수천여 명을 모아 모의 장군募義將軍이란 기치旗幟를 달고 의병장으로 나섰다. 특히 순천·광양·고흥·보성 등 20여 곳의 크고 작은 전투에서 전공을 세우고 백성을 구출하였다. 그러나 다음 해 6월 전라남도 보성의 안치 전투安峙戰鬪에서 적을 추적하던 중 적의 유탄에 맞아 전사하였다.

홍우공洪禹功　1597년 삼도 수군이 칠천량 해전에서 패했을 때에 이순신을 따라 연안 답사에 참여하였다.

황세득黃世得　1596년 이순신 휘하에 들어가 벽파정碧波亭과 고금도古今島 전투에서 단신으로 적함에 돌입하여 적의 수급을 많이 베었으나, 적을 너무 가볍게 보지 말라는 이순신의 걱정을 들었다. 1598년 명나라 군사와 연합 작전 때 이순신의 선봉으로 적선을 불태우며 적의 심장부까지 들어가 싸웠으나 집중 사격을 받고 전사하였다.

황천상黃天祥　이순신이 옥살이를 끝내고 나올 때 이순신의 짐을 옮겨 주는 등 많은 도움을 주었다.

현응진玄應辰　1597년 삼도 수군이 칠천량 해전에서 패했을 때에 이순신을 따라 연안 답사에 참여하였다.

이순신의 생애

1545년	3월 8일(양력 4월 28일) 새벽, 서울 마르내골(건청동·인현동)에서 태어나다. 10세 전·후 아산 백암리(白岩里) 외가로 이사하다.
1566년 22세	10월 본격적으로 무예를 시작하다.
1567년 23세	2월 장남 회를 낳다.
1571년 27세	2월 차남 울(뒤에 열로 고침)을 낳다.
1572년 28세	8월 훈련원 별과에 응시하였으나 불합격하다.
1576년 32세	2월 식년 무과 병과에 합격하다.
1576년 32세	12월 함경도 동구비보의 권관(종구품)이 되다.
1577년 33세	2월 3남 염(뒤에 면으로 고침)을 낳다.
1579년 35세	2월 훈련원 봉사(종팔품)가 되다.
	10월 충청 병사의 군관이 되다.
1580년 36세	6월 전라도 고흥 발포의 수군만호(종사품)가 되다.
1582년 38세	1월 군기경차관 서익의 개인 감정의 날조된 보고로 파면되다.
	5월 다시 복직되어 훈련원 봉사가 되다.
1583년 39세	7월 함경도 병사의 군관이 되다. 울기내를 토벌하여 공을 세우다.
	11월 훈련원 참군으로 승진하다.
	11월 5일 부친 덕연군(이정) 별세.
1584년 40세	부친상으로 향리 아산에서 휴관.
1586년 42세	1월 사복시(거마에 관한 일을 맡는 관청) 주부(종구품)가 되었다가,
	16일 뒤에 함경도 조산보 만호(종사품)로 전근.
1587년 43세	8월 녹둔도의 둔전관을 겸함. 여진의 기습을 막았으나,
	병사 이일의 무고로 파직.(1차 백의종군)
1588년 44세	2월 시전부락 정벌에 우화열장으로 참가하여 공을 세우다.

윤 6월 특사되어 향리 아산으로 돌아오다.

1589년 45세   2월 전라도 순찰사 이광의 군관이 되다.

11월 선전관을 겸하다.

12월 정읍 현감(종육품)이 되다.

1590년 46세   7월 고사리진 병마첨절제사(종삼품)로 발령.

8월 절충장군(정삼품)으로 승진하다. 다시 만포진 첨사로

발령 받았으나, 대간들의 반대로 정읍 현감에 그대로 유임하다.

1591년 47세   2월 진도 군수로 발령되었으나 가리포 첨사로 발령. 13일에

전라 좌수사(정삼품)가 되다.

1592년 48세   4월 12일 거북함을 완성하다.

4월 13일 임진왜란이 일어나다.

5월 4일 경상도로 출전하다.

5월 7일 옥포·합포 해전.

5월 8일 적진포 해전, 적선 40여 척 격파.

5월 23일 가선 대부가 되다.

5월 29일 사천 해전. 거북선 처음 참전.

6월 2일 당포 해전.

6월 5일 당항포 해전.

6월 7일 율포 해전. 왼쪽 어깨에 총탄을 맞다.

자헌대부(資憲大夫 : 정이품 하위)로 승직되다.

7월 8일 견내량 해전.

7월 10일 안골포 해전, 적선 60여 척 격파.

정헌대부(正憲大夫 : 정이품 상위)로 승직되다.

9월 1일 부산포 해전, 적선 130여 척 격파.

1593년 49세   2월 15~22일 웅포 해전.

7월 15일 본영을 여수에서 한산도로 옮기다.

8월 1일 삼도 수군통제사로 임명되어 10월 9일 교서를 받다.

8월 14일 정철총통의 제조에 성공하다.

1594년 50세 3월 4일 당항포 해전, 적선 30여 척 격파.

3월 6일 명나라 선유도사 담종인의 패문에 항의하는

글월을 보냄.

9월 29일 장문포 해전. 곽재우, 김덕령 등과 수륙 합동 공격을

하다.

10월 1일 영등포 해전.

10월 4일 제2차 장문포 해전.

1595년 51세 2월 둔전을 돌아보고 우수영을 시찰하다.

5월 소금을 굽다.

7월 왜군이 거제도에서 퇴각하다.

8월 건주위 여진 추장 누르하치가 화친할 것을 제의하다.

1596년 52세 5월 전염병으로 죽은 병사를 위해 여제를 지내다.

1597년 53세 2월 26일 무고로 서울로 잡혀가다.

3월 4일 감옥에 들어가다.

4월 1일 감옥에서 나오다.

도원수 권율 아래에서 백의종군(2차)

4월 13일 모친상을 당하다.

7월 23일 삼도 수군통제사로 재임명되다.

8월 3일 통제사 교서 받다.

9월 16일 명량 해전.

10월 14일 아들 면의 전사 부음을 듣다.

10월 29일 고하도에 수군진 설치.

1598년 54세 2월 17일 수군 진영을 고금도로 옮기다.

3월 고금도에 침입한 왜선 16척을 격멸하다.

7월 16일 명나라 수군 진린 도독과 연합 함대를 편성하다.

11월 19일(양력 12월 16일) 새벽 노량·관음포 해전에서 전사하다.